The MĀORI PICTURE DICTIONARY
Te PAPAKUPU WHAKAAHUA

PUFFIN

ILLUSTRATIONS BY JOSH MORGAN AND ISOBEL TE AHO-WHITE
WORDS BY MARGARET SINCLAIR AND ROSS CALMAN

PUFFIN

UK | USA | Canada | Ireland | Australia
India | New Zealand | South Africa | China

Puffin is an imprint of the Penguin Random House group of companies, whose addresses can be found at global.penguinrandomhouse.com.

First published by Reed Publishing NZ Ltd, 2001
This revised and re-illustrated edition published by Penguin Random House New Zealand, 2022

5 7 9 10 8 6 4

Cover illustrations and design by Josh Morgan and Isobel Te Aho-White with Cat Taylor
Text design by Cat Taylor © Penguin Random House New Zealand
Prepress by Image Centre Group
Printed and bound in China by Toppan Leefung Printing Limited

A catalogue record for this book is available from the National Library of New Zealand.

ISBN 978-0-14-377266-8

penguin.co.nz

Contents

above
runga

My fort is above the ground.

Kei runga tōku pā i te whenua.

accident
hapa

action song
waiata ā-ringa

address
wāhi kāinga

I write my address on the form.

Ka tuhi au i tōku wāhi kāinga ki te puka.

adult
pakeke

An adult helped me to cross the road.

Nā tētahi pakeke ahau i āwhina ki te whakawhiti i te rori.

aerobics
whakakori tinana

aeroplane
waka rererangi

after
muri

After rugby I am very muddy.

Nō muri i te whutupaoro he tino paru ahau.

afternoon
ahiahi

This afternoon I walked home from school.

I tēnei ahiahi i hoki mā raro au i te kura ki tōku kāinga.

air
hau

The paper dart flew through the air

Ka rere te kōpere pepa i runga i te hau.

airport
taunga waka rererangi

alarm clock
karaka whakaoho

albatross
toroa

all
katoa

He ate all my chocolates!
I kai ia i āku tiakarete katoa!

alligator
kumi ihupoto

ambulance
waka tūroro

ancestor
tupuna

My ancestor signed the Treaty.
I haina tōku tupuna i te Tiriti.

anchor
punga

angel
anahera

angry
riri

Sometimes my little brother makes me angry.
I ētahi wā ka riri ahau ki tōku tungāne nohinohi.

animal
kararehe

Which one is your favourite animal?
Ko tēwhea te kararehe pai rawa atu ki a koe?

ankle
pona

answer
whakautu

Some of the questions are difficult to answer.
He uaua ētahi o ngā pātai ki te whakautu.

ant
pokorua

anxious
mānukanuka

If I get home late, Mum is anxious.
Ki te hoki tōmuri ahau ki te kāinga, ka mānukanuka a Māmā.

apple
āporo

apple juice
wai āporo

apron
ārai

arm
ringaringa

arrow
kōpere

artist
ringa toi

ashamed
whakamā

I am ashamed of my old shoes.
Kei te whakamā ahau i ōku hū tawhito.

assembly
hui ā-kura

I sang at assembly.
I waiata ahau i te hui ā-kura.

astronaut
kaipōkai tūārangi

athlete
kaipara

aunty
whaea kēkē

My aunty gave me a great birthday present.
I homai tōku whaea kēkē i tētahi koha rawe ki a au.

autumn
ngahuru

axe
toki

baby
pēpi

babysitter
kaitiaki pēpi

back
tuarā

backpack
pīkau

bacon
pēkana

bad
kino

Bad dog!
Kātahi te kurī kino ko koe!

badge
tohu

bag
pēke

bait
māunu

Dad cut up the bait.
I tapatapahi a Pāpā i te māunu.

bakery
whare tunu parāoa

bald
moremore

ball
paoro

ballet
ori hīteki

balloon
poihau

banana
panana

bandage
tākai

bank
pēke

bank
parenga

I am fishing from the river bank.
Kei te hī ika ahau i te parenga o te awa.

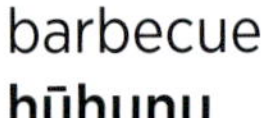

barbecue
hūhunu

bare
kau

I like having bare feet.
He pai au ki ngā waewae kau.

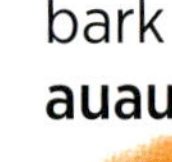

bark
auau

basket
kete

basketball
poitūkohu

bat
patu

bath
puna kaukau

bathroom
whare kaukau

beach
one

beak
ngutu

beard
pāhau

beat
patu

beautiful
ātaahua

My mother is beautiful.
He ātaahua tōku whaea.

bed
moenga

bedroom
rūma moe

bedtime
wā moe

I have to go to my bedroom when it is bedtime.
Me haere ahau ki taku rūma moe i te wā moe.

bee
pī

beef
mīti kau

beehive
whare pī

before
mua

I put on my helmet before I ride my bike.
Ka mau pōtae mārō ahau i mua i te eke paihikara.

bell
pere

bellbird
korimako

below
raro

The plates are below the cups.
Kei raro ngā pereti i ngā kapu.

belt
whītiki

berry
kākano

beside
i te taha

The river runs beside our school.
Ka rere te awa i te taha o tō mātou kura.

between
waenganui

I sit between my brothers in the car.

Ka noho ahau i waenganui i ōku tungāne i te motukā.

bicycle
paihikara

big
nui

bird
manu

birthday
huritau

It's my birthday.

Ko tēnei rā taku huritau.

biscuit
pihikete

black
pango

blackberry
parakipere

blackboard
papa tuhituhi

blanket
paraikete

blind
kāpō

blood
toto

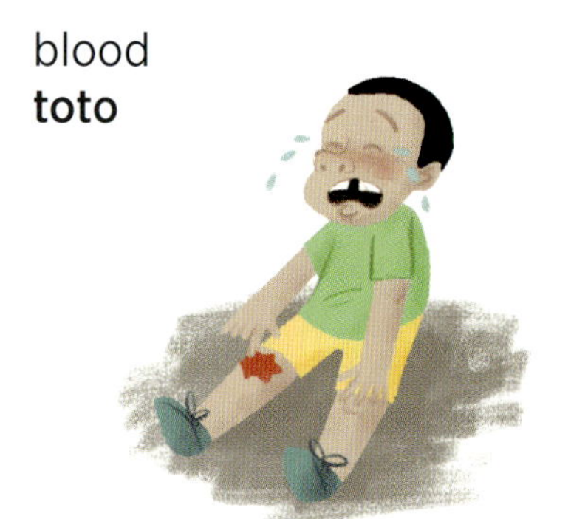

blow
puhi

blue
kikorangi

boat
poti

body
tinana

Healthy food will make my body strong.

Mā te kai hauora ka whakakaha tōku tinana.

bone
wheua

book
pukapuka

boot
pūtu

bottle
pātara

bouncy castle
pā tāwhanawhana

bow
tauihu

The bow of a canoe is at the front.

Kei mua te tauihu o te waka.

bow
koromāhanga

bowl
kumete

box
pouaka

boy
tama

bracelet
poroporo

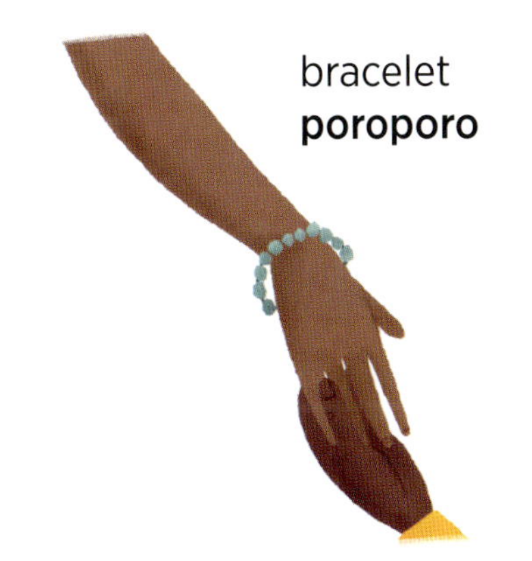

branch
peka

brave
manawanui

Be brave!
Kia manawanui!

bread
parāoa

breakfast
parakuihi

breath
hā

I hold my breath.
Ka kuku au i tōku hā.

breeze
matangi

The breeze lifts my kite.
Ka whakarewaina taku manu tukutuku e te matangi.

bridegroom
tāne mārena hou

bride
wahine mārena hou

bridge
arawhata

broken
pakaru

broom
tahitahi

brother
tungāne (of a girl)
tuakana (older, of a boy)
teina (younger, of a boy)

Tama is Marama's brother.
Ko Tama te tungāne o Marama.

brown
parauri

bubbles
mirumiru

bucket
pākete

budgie
kākāiti

buggy
paki

builder
kaihanga whare

bull
pūru

bulldozer
waka parawhenua

bumblebee
pī rorohū

burglar
pāhua

burglar alarm
pahū

bus
pahi

bus driver
kaitaraiwa pahi

bus stop
tūnga pahi

bush
ngahere

I love to walk through the bush.

He whakamīharo ki ahau te hīkoi i roto i te ngahere.

butter
pata

butterfly
pēpepe

button
pātene

cabbage
kāpeti

cabbage tree
tī kōuka

café
whare kawhe

Mum and I went to a café for lunch.

I haere māua ko Māmā ki te whare kawhe mō te tina.

cage
kōrapa

cake
keke

calculator
tātaitai

calendar
wātaka

calf
kāwhe

call
karanga

I call for my mum when I have a nightmare.

Ka karanga au ki tōku whaea ina moepapa au.

camera
kāmera

camp
puni

canoe
waka

cap
pōtae

car
motukā

card
kāri

I made a card for Father's Day.
I hanga kāri au mō te Rā Whakanui i ngā Pāpā.

car park
tauranga waka

carpet
whāriki

I spilled orange juice on the carpet.
I maringi i a au te wai ārani ki runga i te whāriki.

carrot
kāreti

cartoons
pakiwaituhi

I like the cartoons best.
Ko ngā pakiwaituhi ngā mea pai rawa atu ki a au.

castle
pā hirahira

cat
ngeru

catch
hopu

caterpillar
anuhe

cauliflower
kareparāoa

cave
ana

cellphone
waea pūkoro

cemetery
urupā

cent
hēneti

The ten-cent coin has a tiki on it.
He tiki kei runga i te tekau hēneti.

cereal
pata kai

certificate
tiwhikete

I got a certificate for excellent writing.
I whiwhi au ki te tiwhikete mō te tuhituhi kairangi.

chain
tīni

chair
tūru

challenge
wero

The challenge is the first part of the welcome.
Ko te wero te wāhanga tuatahi o te pōwhiri.

champion
toa

I am the champion at running.
Ko au te toa ki te tauomaoma.

chase
whaiwhai

We like to chase the seagulls at the beach.
He pai māua ki te whaiwhai karoro i te one.

cheek
pāpāringa

cheese
tīhi

chemist
kēmihi

chest
poho

Tarzan beats his chest.
Ka patupatu a Tarzan i tōna poho.

chicken
heihei

I love to eat roast chicken.
He reka ki a au te heihei tunu.

chicks
pīpī

chief
rangatira

child
tamaiti

children
tamariki

chin
kauae

chips
maramara rīwai

chocolate
tiakarete

Christmas
Kirihimete

church
whare karakia

cicada
kihikihi

circus
maninirau

city
tāone nui

clap
pakipaki

class
karaehe

classroom
taiwhanga ako

claw
maikuku

cliff
pari

climb
piki

cloak
kahu

clock
karaka

clothes
kākahu

clothes dryer
tauraki hurihuri

cloud
kapua

clown
hako

coat
koti

coffee
kawhe

cold
rewharewha

I've got a bad cold.
Kua pāngia ahau e te rewharewha kino.

cold
makariri

It's too cold for swimming.
He makariri rawa mō te kaukau.

colour
tae

Green is my favourite colour.
Ko kākāriki te tae pai rawa atu ki ahau.

comb
heru

come
haere

Mum calls, "Come in for dinner!"
Ka karanga mai a Māmā, "Haere mai ki te kai!"

comic book
pukapuka pakiwaituhi

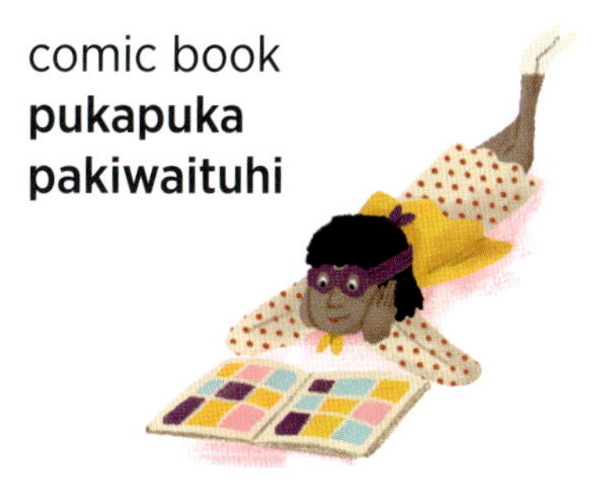

committee
komiti

competition
whakataetae

competitor
kaiwhakataetae
I am a competitor in the inter-schools swimming competition.
He kaiwhakataetae au i te whakataetae kauhoe ā-kura.

computer
rorohiko

computer game
kēmu rorohiko

(the) cook
kaikuki

(to) cook
tunu
The cook is cooking the feast.
Kei te tunu te kaikuki i te hākari.

corn
kānga

cough
maremare

council
kaunihera

count
tatau

My little brother can count to five.

Ka taea e taku teina te tatau ki te rima.

country
whenua

Australia is the closest country to New Zealand.

Ko Ahitereiria te whenua tata rawa atu ki Aotearoa.

cousin
kaihana

Whetu's cousins are Matiu, Kataraina and Trisha.

Ko Matiu rātou ko Kataraina, ko Trisha ngā kaihana o Whetu.

cow
kau

crab
pāpaka

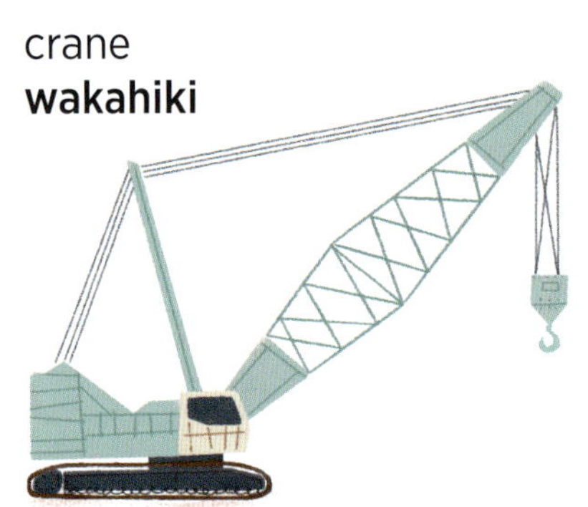

crane
wakahiki

crash
tūtukitanga

crayfish
kōura

crayon
pia kano

cream
kirīmi

creek
manga

cricket
pihareinga

cricket
kirikiti

crocodile
kumi ihuroa

crowd
whakaminenga

crown
karauna

cry
tangi

cuddle
awhi

culture
ngā tikanga

I am learning about Māori culture at school.

Kei te ako au i ngā tikanga Māori ki te kura.

cup
kapu

cupboard
kāpata

curtain
ārai

customer
kiritaki

Dd

dad
pāpā

daffodil
tirara

dairy
toa

daisy
parani

damp
mākūkū

My shorts were damp after I sat on the grass.

He mākūkū ōku tarau poto nō te noho i runga i te pātītī.

dance
kanikani

dancer
kaikanikani

daughter
tamāhine

dawn
pūao

day
rā

It's another sunny day!

He rā paki anō tēnei!

dead
mate

decorate
whakarākei

I am decorating the room for my party.

Kei te whakarākei ahau i te rūma mō taku pāti.

decoration
whakarākeitanga

delicious
reka

dentist
rata niho

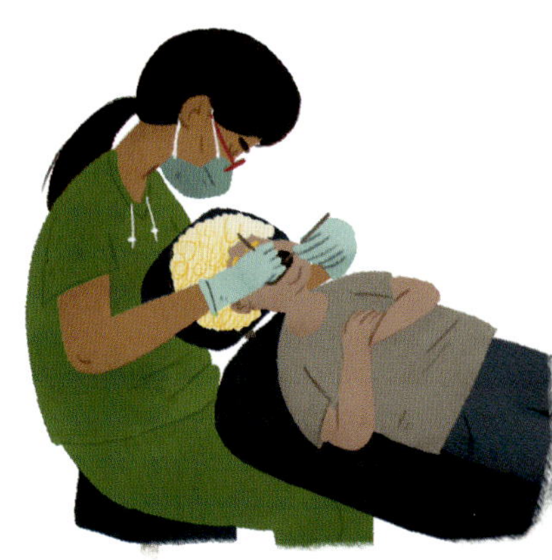

desert
pakihi

desk
tēpu tuhituhi

destroy
whakangaro

detective
tikitiwhi

diamond
taimana

dictionary
papakupu

I look up hard words in the dictionary.
Ka huri au ki te papakupu mō ngā kupu uaua.

die
mate

dig
keri

digger
mīhini keri

dinghy
poti paku

dinner
hapa

dinosaur
mokonui

dirty
paru

dishes
rīhi

dishwasher
pūrere horoi maitai

disobedient
turi

dive
ruku

diver
kairuku

doctor
rata

dog
kurī

doll
tāre

dollar
tāra

dolphin
aihe

donkey
kāihe

door
kūaha

doughnut
tounati

dragon
tarākona

dragonfly
kapowai

drawing
whakaahua

dream
moemoeā

dress
kākahu

to dress
whakakākahu

dressing gown
kahu tangatanga

drill
wiri

drink
inu

drive
taraiwa

driver
kaitaraiwa

The racing driver loves to drive very fast.

He tino pai te kaitaraiwa whakataetae motukā ki te taraiwa tere rawa.

drown
toremi

Don't swim there or you might drown.

Kaua e kaukau ki korā kei toremi.

duck
rakiraki

Ee

ear
taringa

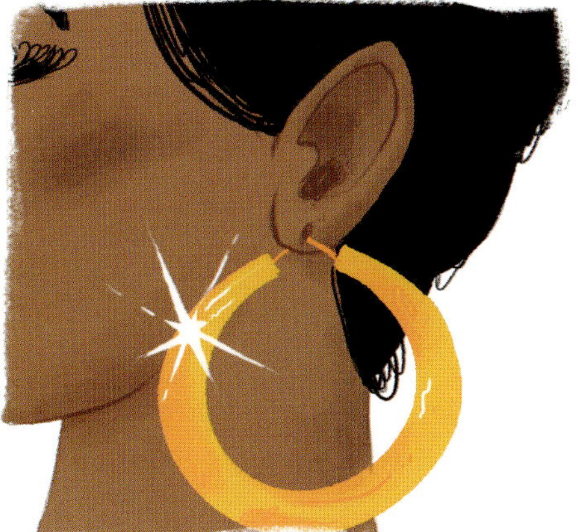

earring
whakakai

Earth
Ao

earthquake
rū

If there is an earthquake I will get under the table.

Ki te rū te whenua, ka noho au ki raro i te tēpu.

Easter
Aranga

Easter egg
hēki Aranga
At Easter we had an Easter egg hunt.
I te Aranga i whakatūria tētahi rapunga hēki Aranga mā mātou.

eat
kai

eel
tuna

egg
hēki

eggcup
kapu hēki

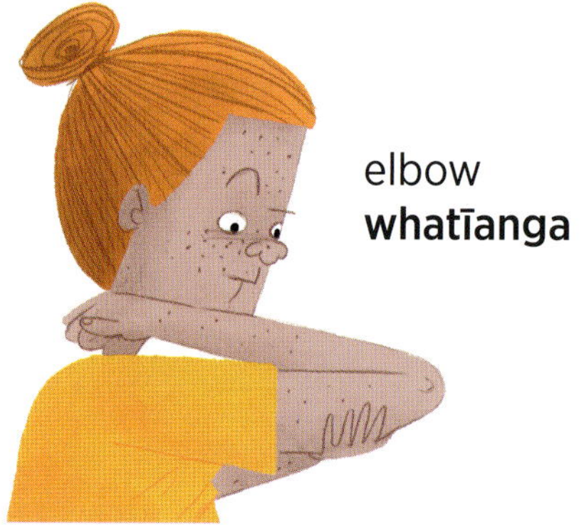

elbow
whatīanga

election
pōtitanga
There is an election every three years to decide our government.
Ia toru tau ka tū tētahi pōtitanga hei whiriwhiri i tō tātou kāwanatanga.

electricity
hiko

Electricity makes our lights work.
Mā te hiko e whakakā ā tātou rama.

elephant
arewhana

elf
tūrehu

email
karere hiko

I sent an email to my friend in Australia.
I tuku au i tētahi karere hiko ki taku hoa i Ahitereiria.

embarrassed
whakamā

I am embarrassed when I sing in front of the class.
Ka pā mai te whakamā ki a au ina ka waiata au ki te karaehe.

emergency
ohotata

Call 111 if there is an emergency.
Waea atu ki 111 mō te ohotata.

emotions
kare ā-roto

Happiness and sadness are two emotions.
Ko te harikoa me te pōuri he kare ā-roto.

empty
piako

enemy
hoariri

engine
pūkaha

envelope
kōpaki

escalator
ara maiangi

excited
hiamo

I am very excited about our trip today.
Kei te hiamo au mō tō mātou haerenga i te rā nei.

exercise
korikori tinana

explode
pahū

explore
tūhura

I want to explore the jungle.
Kei te pīrangi ahau ki te tūhura i te waoku.

eyebrow
tukemata

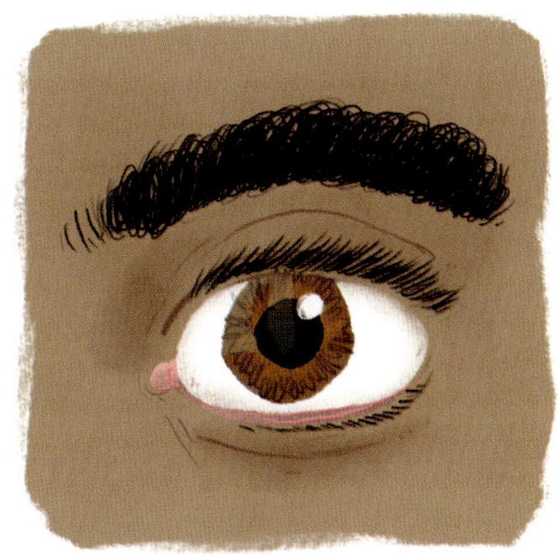

eye
karu

Ff

face
mata

I wash my face.

Kei te horoi ahau i taku mata.

factory
wheketere

fairy
patupaiarehe

family
whānau

famous
rongonui

The All Blacks are famous.

He rongonui te kapa Ōpango.

fantail
pīwaiwaka

farm
pāmu

farmer
kaiahuwhenua

My uncle is a farmer. I visit his farm in the holidays.

He kaiahuwhenua tōku matua kēkē. Ka toro atu au ki tōna pāmu i ngā hararei.

fast
tere

I can run very fast.

Ka taea e au te oma tere rawa atu.

father
pāpā

Father Christmas
Hana Kōkō

fear
wehi

I have a fear of spiders!

Ka wehi au ki ngā pūngāwerewere!

feast
hākari

feather
rau

fed up
hōhā

I get fed up when Mum chats for too long.

Ki te kōrerorero a Māmā mō te wā roa, ka hōhā ahau.

feed
whāngai

I like to feed the lambs.

He pai au ki te whāngai rēme.

feelings
ngākau

It hurts my feelings if people call me names.

E āwhitu ana tōku ngākau i te mahi kaioraora.

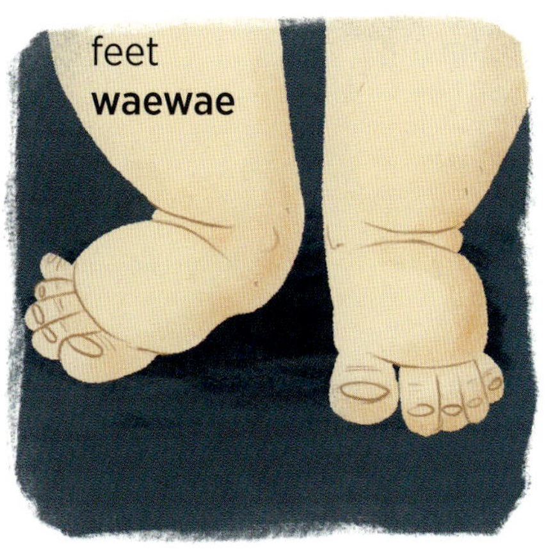

feet
waewae

felt-tip pen
pene whītau

fence
taiepa

few
torutoru

There are only a few peas left.

He torutoru noa iho ngā pī kei te toe.

field
pārae

fierce
wawana

fight
pakanga

find
kite

Mum helps me find my hairbrush.

Ka āwhina mai a Māmā kia kite i taku paraihe makawe.

finger
matimati

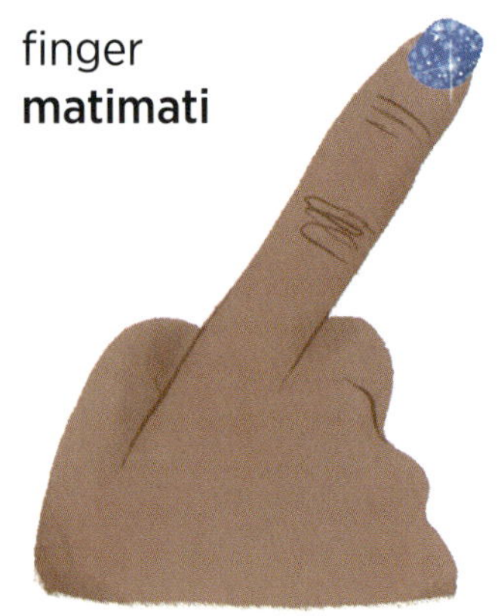

finished
mutu

I have finished my book.
Kua mutu i a au taku pukapuka.

fire
ahi

fire engine
waka tinei ahi

fire fighter
kaipatu ahi

The fire fighter drives the fire engine.
Ka taraiwa te kaipatu ahi i te waka tinei ahi.

firewood
wahie

fireworks
pahū ahi

first aid
whakaora whawhati tata

We have a first aid kit at home.
Kei a mātou tētahi kete whakaora whawhati tata ki te kāinga.

fish
ika

fishing
hī ika

I love to go fishing.
He tino pai ki ahau te haere ki te hī ika.

fish-hook
matau

fisherman
kaihī ika

fishing rod
matira

The fisherman dropped his fishing rod.
I makere te kaihī ika i tāna matira.

fist
ringakuti

flag
haki

flax
harakeke

float
tere

flood
waipuke

flounder
pātiki

flour
parāoa

flower
putiputi

flute
pūtōrino

fly
ngaro

fly
rere

foam
huka

There is foam at the bottom of the waterfall.

He huka ki te take o te hīrere.

fog
kohu

Mum turns on the headlights in the fog.

Ka whakakā a Māmā i ngā rama waka i te kohu.

fold
whātui

I help fold the washing.
Ka āwhina ahau ki te whātui i ngā kākahu.

food
kai

foot
waewae

football
whutupaoro

I play football.
Ka tākaro whutupaoro ahau.

forbidden
rāhuitia

Fishing is forbidden in that river.
Kua rāhuitia te hī ika i tērā awa.

forehead
rae

forest
ngahere

There is a pine forest near our house.
He ngahere paina e tata ana ki tō mātou whare.

fork
paoka

fort
pā

fountain
puna

freckles
iraira

freezer
pākatio

french fries
rīwai parai

fridge
pouaka makariri

friend
hoa

frighten
whakamataku

The dog frightened me.

Ka whakamataku te kurī i a au.

frog
poraka

front
mua

Our front door is red.

He whero tō mātou kūaha o mua.

frost
hukapapa

Sometimes in winter there is frost on the leaves.

I ētahi wā o te makariri ka takoto te hukapapa i runga i ngā rau.

frown
whakapoururu

My forehead wrinkles when I frown.

Ka kōruru tōku rae ina ka whakapoururu ahau.

fruit
huarākau

frying pan
raupani

funny
whakakatakata

furniture
taputapu ā-whare

Gg

game
kēmu

Hide and seek is my favourite game.

Ko whakapupuni te kēmu pai rawa atu ki a au.

gap
āputa

garage
karāti

garage sale
hokohoko karāti

garden
māra

gate
kēti

gather
kohi

I help gather sticks for the fire.

Ka āwhina ahau ki te kohi kaupeka mō te ahi.

gentle
māhū

I have to be gentle with the kitten.

Me māhū tāku mau i te punua ngeru.

germs
iroriki

I wash my hands so I won't spread any germs.

Kei te horoi ahau i ōku ringaringa kei horapa ngā iroriki.

geyser
waiariki

ghost
kēhua

giant
tipua

gift
koha

giraffe
hīrawhe

girl
kōtiro

give
homai (to me); **hoatu** (to someone else)

"Give me the book so I can give it to the librarian."

"Homai te pukapuka, hei hoatu māku ki te kaitiaki pukapuka."

glass
karaehe

glasses
mōwhiti

glow-worm
titiwai

glue
kāpia

go
haere

I go to the shop to get bread.

Ka haere ahau ki te toa ki te hoko parāoa.

goat
nanekoti

goldfish
morihana

golf
haupōro

good
pai

I try to be good. "Very good, well done!" says my teacher.

He tamaiti pai ahau i te nuinga o te wā.

"Ka pai tō mahi!" ka kī mai tōku kaiako.

goodbye
haere rā (said to those leaving)
e noho rā (said to those staying)

"Goodbye," say Dad and Thomas.
"Goodbye," say Mum and Rosie.

Ka kī a Pāpā rāua ko Tāmati, "Haere rā."

Ka kī a Māmā rāua ko Rohe, "E noho rā."

goose
kuihi

gorilla
makinui

government
kāwanatanga

The government runs the country.

Ko te mahi a te kāwanatanga he whakahaere i te whenua.

grandfather
koroua

grandmother
kuia

grandchild
mokopuna

grape
karepe

grapevine
aka wāina

grapefruit
hua hīmoemoe

grass
pātītī

grasshopper
māwhitiwhiti

gravy
wairanu

greedy
kaihoro

green
kākāriki

greenstone
pounamu

greet
mihi

grey
tārekoreko

group
rōpū

My group won the singing competition.

I toa tōku rōpū i te whakataetae waiata.

grow
whakatupu

We grow watercress at school.

Ka whakatupu wātakirihi mātou i te kura.

grumble
amuamu

Sometimes I grumble when I have to help Mum.

I ētahi wā ka amuamu ahau ina ka āwhina ahau i a Māmā.

guests
manuhiri

The party guests arrived.

Ka tae mai ngā manuhiri mō te pō whakangahau.

guide dog
kurī ārahi

guinea pig
poaka kini

guitar
rakuraku

gun
pū

gymnastics
pītakataka

Hh

hair
makawe

hairdresser
kaikuti makawe

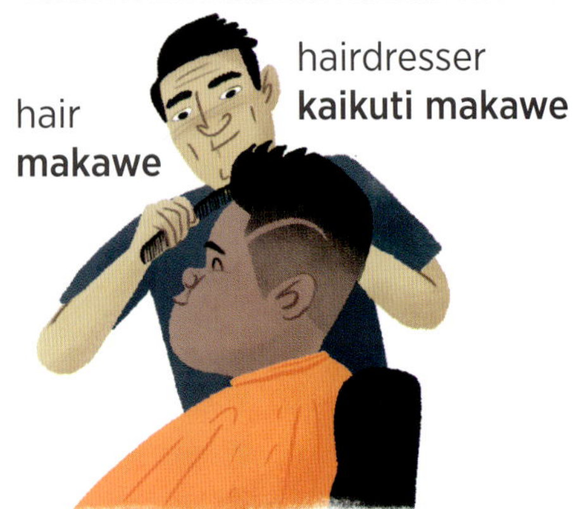

The hairdresser cuts my hair.
Ka kutikuti te kaikuti makawe i ōku makawe.

half
haurua

hall
hōro

School assembly is in the hall.
Tū ai ngā hui ā-kura i te hōro.

hamburger
hāmipēka

hammer
hama

hand
ringaringa

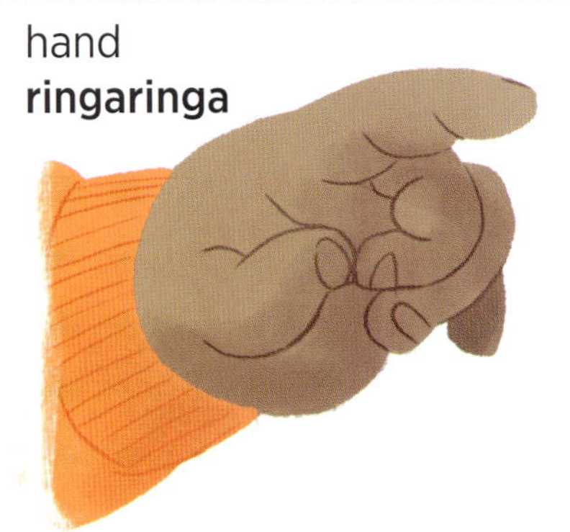

handbag
kete

handle
kakau

handsome
purotu

The girls all think Rangi is handsome.
Ka whakaaro ngā kōtiro katoa, he purotu a Rangi.

hang-glider
waka rereangi

happy
koa

harbour
whanga

hard
uaua

My homework is very hard.
He tino uaua tāku mahi kāinga.

hard
mārō

Concrete is hard.
He mārō te raima.

hat
pōtae

hate
kino

I hate being sick.
He kino ki ahau te māuiuitanga.

head
upoko

headphones
kawe rongo

healthy
hauora

Exercise helps us stay healthy.
He pai te korikori tinana mō te noho hauora.

heart
manawa

The doctor listens to my heart beating.
Ka whakarongo te rata ki taku manawa e kapakapa ana.

heater
whakamahana

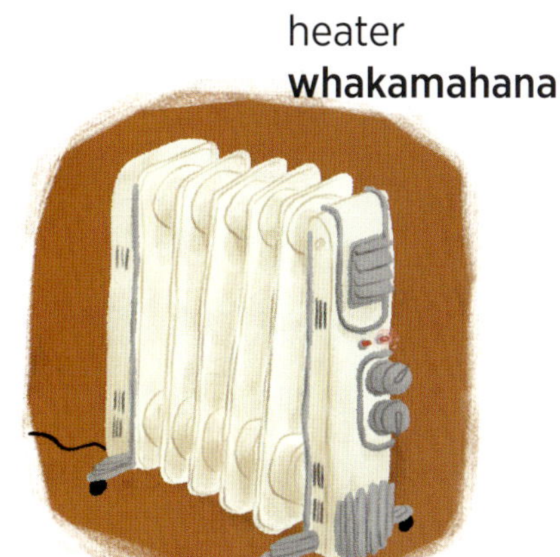

heavy
taumaha

hedgehog
hetiheti

heel
rekereke

helicopter
toparere

hello
kia ora

help
āwhina

I help my dad water the garden.
Ka āwhina ahau i taku pāpā ki te whakamākūkū i te māra.

hen
heihei

heron
kōtuku

hide
huna

high school
kura tuarua

My big sister goes to high school.
Ka haere taku tuakana ki te kura tuarua.

hill
puke

hip-hop
hipihope

I'm learning hip-hop.
Ka ako au ki te kanikani hipihope.

hips
hope

The leader says, “Hands on hips!”
Ka kī te kaea, “Hope!”

hippopotamus
hipohipo

hit
patu

hockey
hake

We played hockey and I hit the ball.
I purei hake mātou, ka patu au i te paoro.

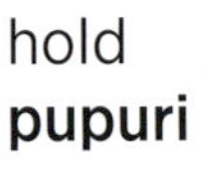

hold
pupuri

I hold the cup of tea carefully.
Ka āta pupuri ahau i te kaputī.

hole
poka

holiday
hararei

We are going on holiday.
E haere ana mātou ki te hararei.

home
kāinga

Welcome home!
Nau mai ki te kāinga!

homework
mahi kāinga

honey
mīere

hook
matau

horse
hōiho

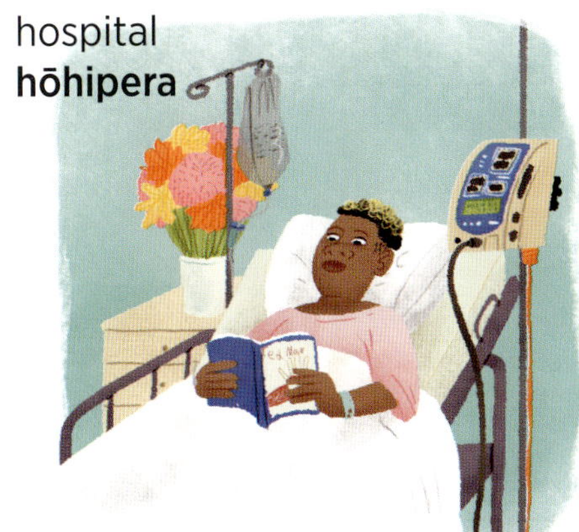

hospital
hōhipera

hot
wera

hot air balloon
pūangi

hot dog
tōtiti wera

hotel
hōtēra

hour
hāora

There are sixty minutes in an hour.

E ono tekau ngā meneti i roto i te hāora kotahi.

house
whare

hug
awhi

hungry
hiakai

husband
tāne

I pretend Sam is my husband.

Ka whakatakune ahau ko Hāmuera taku tāne.

hydroslide
retireti wai

ice
hukapapa

ice cream
aihikirīmi

iceberg
motuhuka

icing
huka

The cake has pink icing.
He huka māwhero tō te keke.

in
roto

The dog is in the kennel.
Kei roto te kurī i te whare kurī.

injection
wero

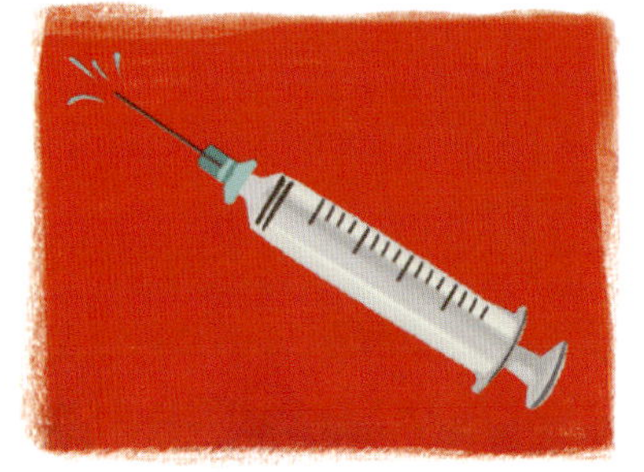

insect
mū

inside
roto

I have to stay inside because it is raining.
Me noho a roto ahau, he heke nō te ua.

internet
ipurangi

I found out lots about dinosaurs by using the internet.
He nui ngā kōrero mō ngā mokonui i kitea e au i runga i te ipurangi.

iron
haeana

island
moutere

jacket
tiakete

jail
whare herehere

jam
tiamu

jar
ipu

jealous
pūhaehae

I am jealous of Sally. She won the competition.

Kei te pūhaehae au ki a Sally. I toa ia i te whakataetae.

jeans
tarau tāngari

jelly
tiere

jellyfish
tepetepe

jewel
rei

jewellery
taonga whakarākei

jigsaw puzzle
tāpaepae

job
mahi

Mum gave me a job to do.

I tuku a Māmā i tētahi mahi ki a au.

jogging
toitoi

joke
kōrero whakakata

Steve told me a good joke.
I kī mai a Tīpene i tētahi kōrero whakakata pai.

journey
haerenga

We are going on a long journey.
Kei te haere mātou i tētahi haerenga roa.

judo
nonoke

juice
wai

jump
tūpeke

jumper
poraka

jungle
waoku

Kk

kangaroo
kangaru

karate
karate

kayak
kōreti

kennel
whare kurī

kettle
tīkera

key
kī

kick
whana

kill
patu

kindergarten
kura kōhungahunga

My little brother goes to kindergarten.

Haere ai taku teina ki te kura kōhungahunga.

king
kīngi

kingfisher
kōtare

kiss
kihi

kitchen
kīhini

kite
manu tukutuku

kitten
punua ngeru

knee
turi

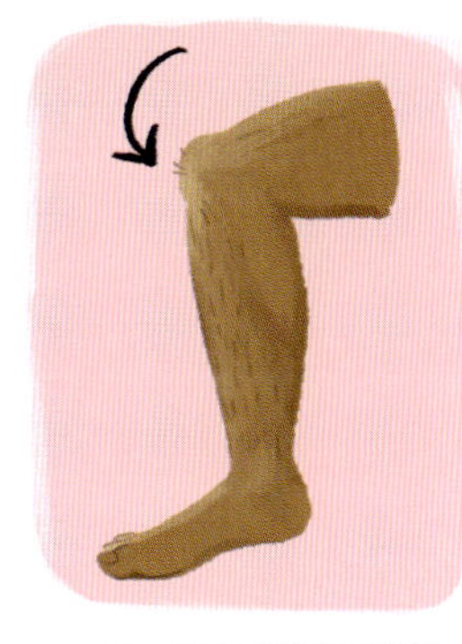

kneel
tūturi

knife
māripi

knot
pona

know
mōhio

I know they are talking about me.
Kei te mōhio ahau kei te kōrero rāua mōku.

koala
koara

ladder
arawhata

ladybird
pāpapa kōpure

lake
roto

lamb
rēme

land
whenua

landslide
horo whenua

language
reo

I want to learn the Māori language
Kei te pīrangi au ki te ako i te reo Māori.

laugh
kata

lawnmower
pōtarotaro

lazy
māngere

leaf
rau

leap
peke

learn
ako

I learn the recorder.

Kei te ako au i te rekoata.

leave
wehe

I don't want to leave.

Kāore au i te pīrangi ki te wehe.

leg
waewae

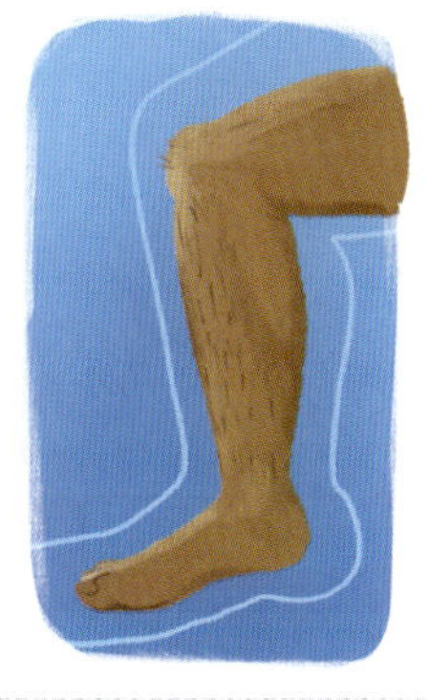

legend
pūrākau

The teacher tells us the legend of Māui.

Ka kōrero mai te kaiako i te pūrākau mō Māui.

lemon
rēmana

leopard
rēpata

letter
reta

letterbox
pouaka reta

lettuce
rētihi

library
whare pukapuka

lick
mitimiti

lid
popoki

lie
takoto

lift
hāpai

light
rama

I turn on the light.

Ka whakakā ahau i te rama.

light
māmā

As light as a feather.

Me he rau manu te māmā.

lighthouse
tīramaroa

lightning
uira

lion
raiona

lip
ngutu

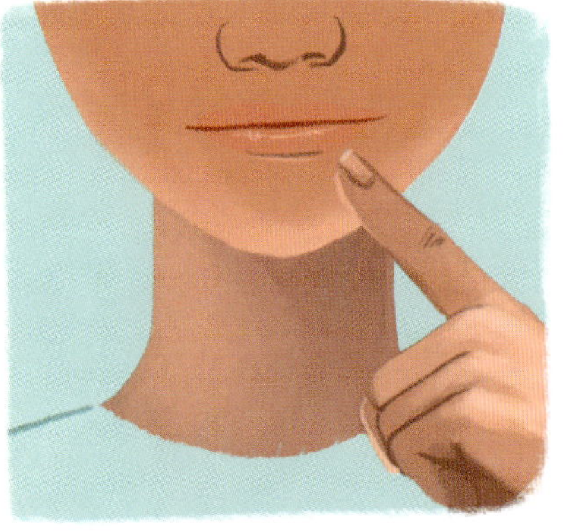

lipstick
pani ngutu

listen
whakarongo

Mum says, "Listen to me."
Ka kī a Māmā, "Whakarongo mai ki ahau."

litter
parahanga

I helped pick up litter from the playground.
I āwhina ahau ki te kohikohi parahanga i te papa tākaro.

little
iti

lizard
moko

loaf
rohi

long
roa

look
titiro

"Look at me," says the teacher.
Ka kī te kaiako, "Titiro mai."

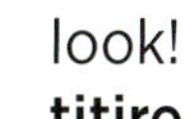

look!
titiro!

loud
hoihoi

love
aroha

lunch
tina

Mm

magazine
maheni

magician
kaitūmatarau

magnet
aukume

mail
mēra

make-up
panipani

man
tāne

mangrove
mānawa

many
maha

I have so many books!
He maha rawa āku pukapuka!

map
mahere whenua

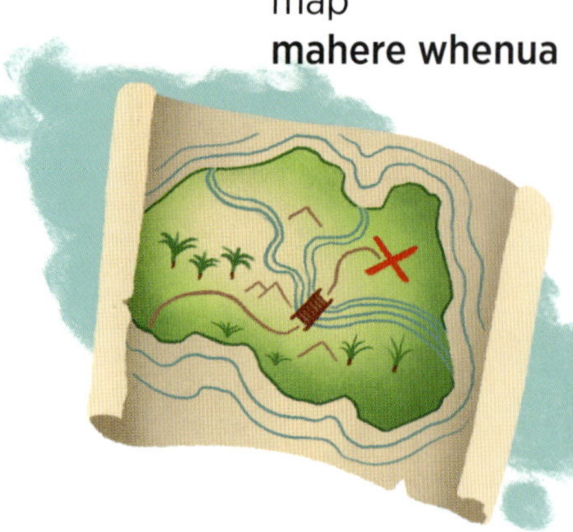

marry
mārena

mask
maruhā

mat
whāriki

The cat sat on the mat.
I noho te ngeru i runga i te whāriki.

match
māti

maths
pāngarau

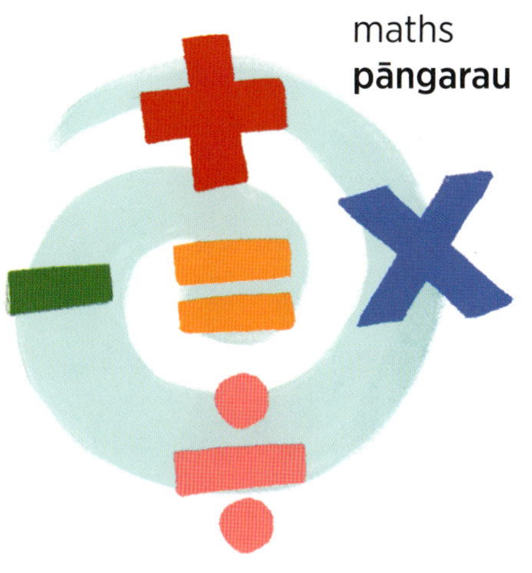

meal
kai

measles
karawaka

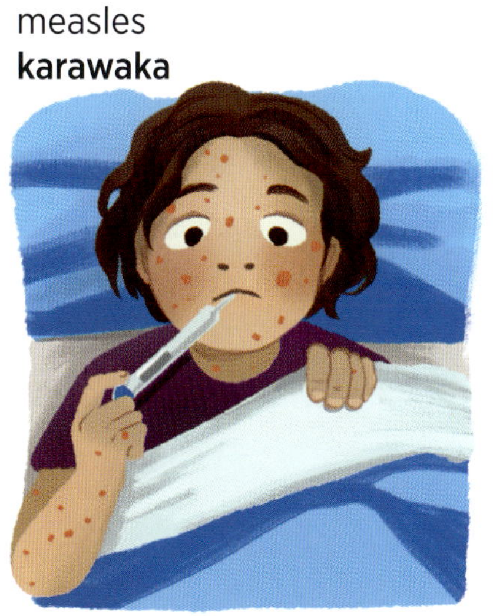

measure
ine

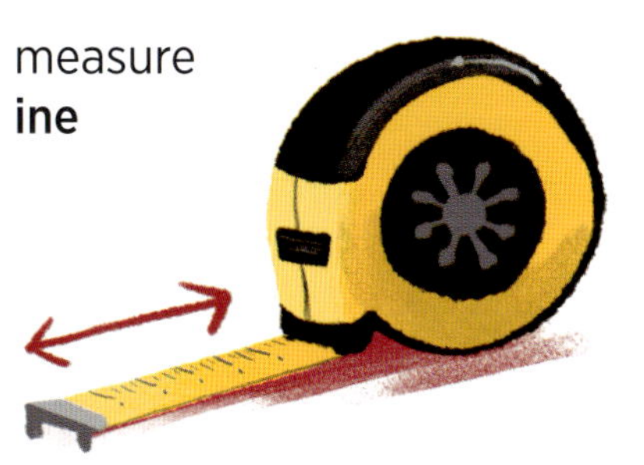

meat
mīti

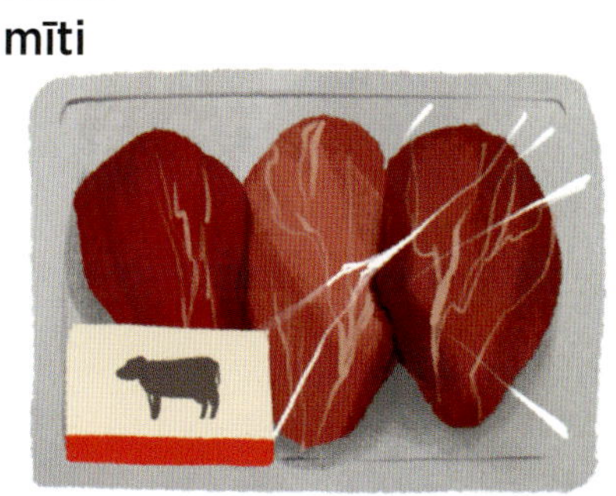

mechanic
kaiwhakatikatika pūkaha

medal
tohutoa

medicine
rongoā

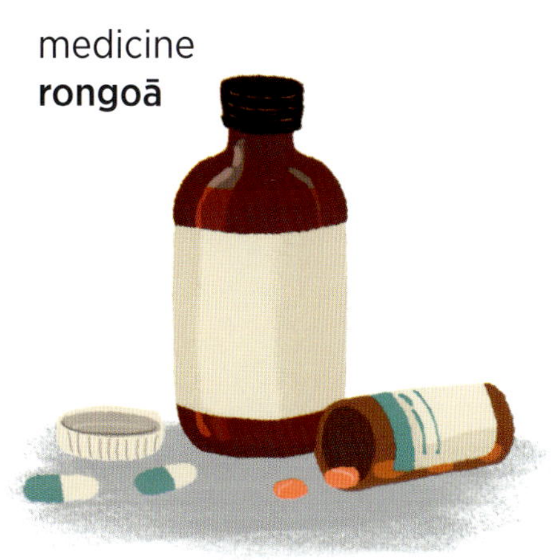

meet
tūtaki

melon
merengi

melt
rewa

mend
tapi

I hope Mum can mend this.

Ko te tūmanako ka taea e Māmā tēnei te tapi.

merry-go-round
porowhawhe

mess
paruparu

message
karere

I hand a message to the teacher.

Ka hoatu ahau i te karere ki te kaiako.

messy
pōrohe

Painting is messy but fun.

He pōrohe te waituhi engari he rekareka.

microscope
karu whakarahi

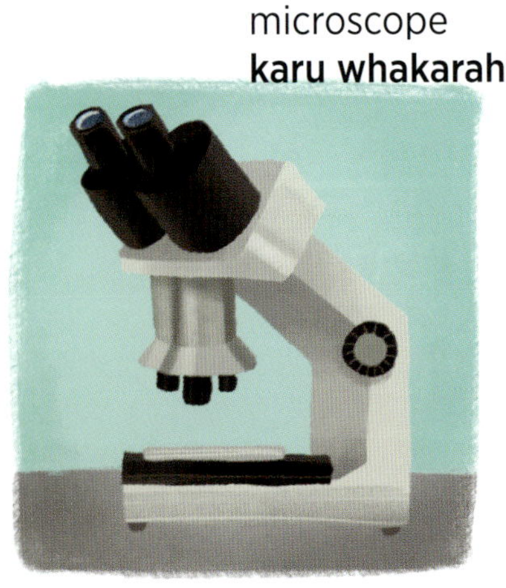

microwave
ngaruiti

milk
miraka

minibus
pahi iti

mirror
whakaata

mischievous
haututū

My little sister is very mischievous.

He tino haututū taku teina.

miserable
tāpou

miss
pahemo

mist
kohu

The mist settles on the forest.

Ka tau te kohu ki runga i te ngahere.

mistake
hapa

I made a mistake in my homework.

I hapa au i tāku mahi kāinga.

mix
pokepoke

mobile phone
waea pūkoro

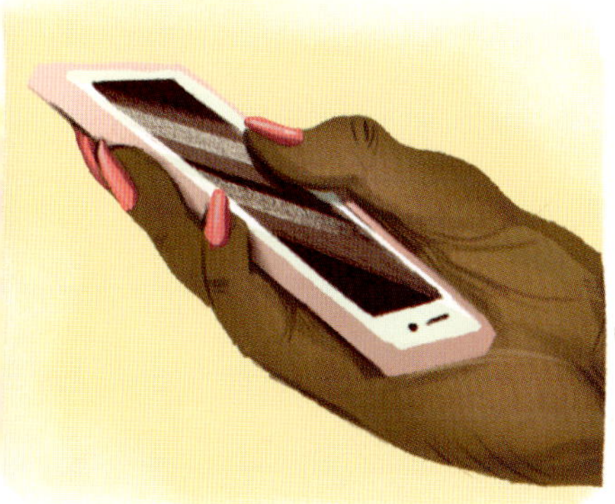

money
moni

monkey
makimaki

monster
taniwha

month
marama

February is the shortest month in the year.

Ko Hui-tanguru te marama poto rawa atu o te tau.

moon
marama

morepork
ruru

morning
ata

I eat breakfast every morning.

Ka kai au i te parakuihi ia ata.

mosquito
waeroa

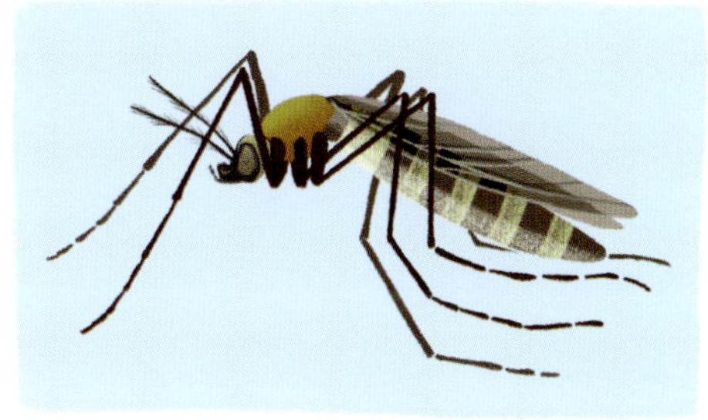

motel
mōtēra

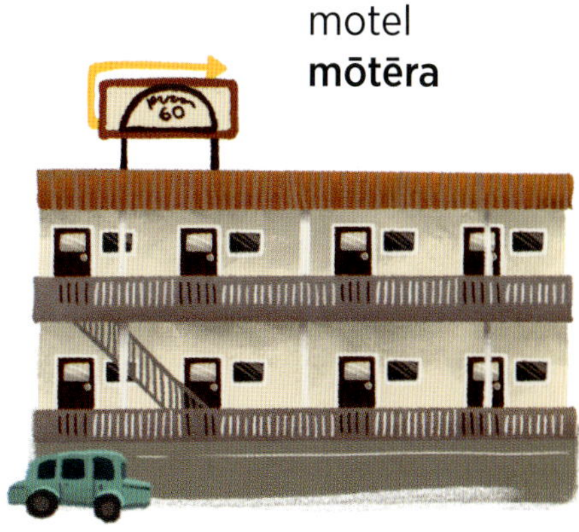

moth
pēpepe

mother
whaea

motorbike
motopāika

mountain
maunga

moutain bike
paihikara maunga

mouse
kiore

mouth
waha

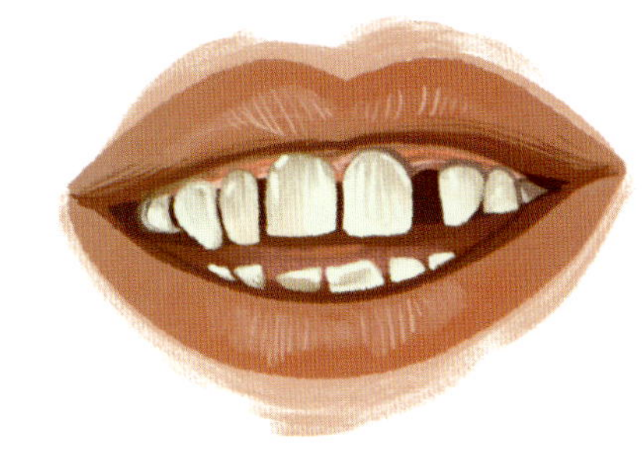

mud
paru

mug
maka

mum
māmā

muscle
ua

museum
whare taonga

mushroom
harore

music
puoro

musician
kaiwhakatangitangi

mussel
kūtai

myth
pūrākau

A myth is a story about ancient times.

Ko te pūrākau he kōrero onamata.

nail
nēra

name
ingoa

My name is Jack.

Ko Tiaki tōku ingoa.

nature
ao tūroa

This is our nature table.

Ko tā mātou tēpu ao tūroa tēnei.

naughty
tutū

neck
kakī

necklace
mau kakī

needle
ngira

neighbour
kiritata

nephew
irāmutu

Sam is Joe's nephew.
Ko Hāmu te irāmutu a Hōhepa.

nervous
taiatea

I am nervous about learning to swim.
E taiatea ana ahau mō te ako ki te kauhoe.

nest
kōhanga

net
kupenga

new
hou

I got some new shoes.
Kua riro i a au ngā hū hou.

news
pitopito kōrero

I watched the news last night.
I mātakitaki ahau i ngā pitopito kōrero inapō.

newspaper
nūpepa

niece
irāmutu

Leilani is Eva's niece.
Ko Leilani te irāmutu a Eva.

night
pō

nightmare
moepapa

no
kāo

noisy
turituri

nose
ihu

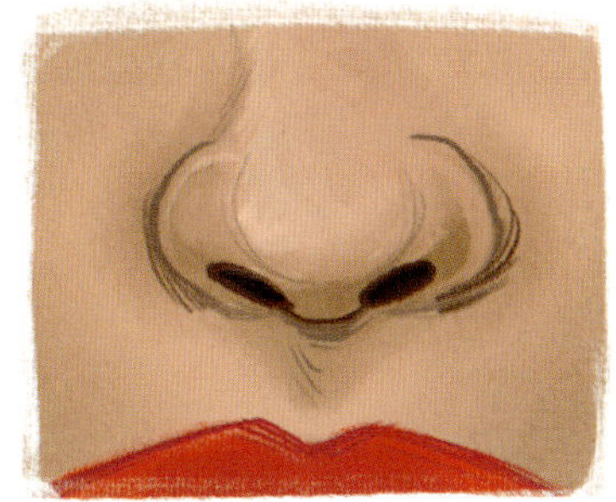

note
tuhinga

Mum wrote a note to my teacher.

I tuhi a Māmā i tētahi tuhinga ki tōku kaiako.

notice
pānui

I saw a notice about the school fair.

I kite ahau i tētahi pānui mō te hui taurima o te kura.

number
nama

Three is my lucky number.

Ko toru taku nama waimarie.

numberplate
tauwaka

nurse
tapuhi

nuts
nati

Oo

oar
hoe

ocean
moana

octopus
wheke

oil
hinu

old
tawhito

on
runga

The cat is on the television.
Kei runga te ngeru i te pouaka whakaata.

onion
aniana

open
tuwhera

The door is open.
E tuwhera ana te kūaha.

orange
ārani

orange
karaka

orchestra
tira pūoru

ouch
auē

out
waho

Let that dog out.
Tukua tēnā kurī ki waho.

outside
waho

I like playing outside.
He pai au ki te tākaro i waho.

oven
umu

over (to the other side)
ki tua

The ball went over the fence.
I rere te paoro ki tua o te taiepa.

over (covering)
runga

The paint went all over the floor.
I maringi te peita ki runga katoa i te papa.

owl
ruru

oyster
tio

Pp

package
takai

paddle
hoe

paddle
tākaru

paddock
pātiki

The cows are in the paddock.
Kei roto ngā kau i te pātiki.

page
whārangi

The page is torn.
Kua tīhaea te whārangi.

paint
peita

pair
tōpū

palace
whare kairangi

pancake
panekeke

paper
pepa

parachute
hekerangi

parakeet
kākāriki

parents
mātua

park
papa rēhia

We play with our frisbee in the park.

Ka tākaro māua ki tō māua ripi i te papa rēhia.

parrot
kākā

party
whakangahau

passport
uruwhenua

pasta
parāoa rimurapa

pastry
hua parāoa

path
ara

patient
manawanui

My mother says, "Be patient!"
Ka kī tōku whaea, "Kia manawanui!"

patient
tūroro

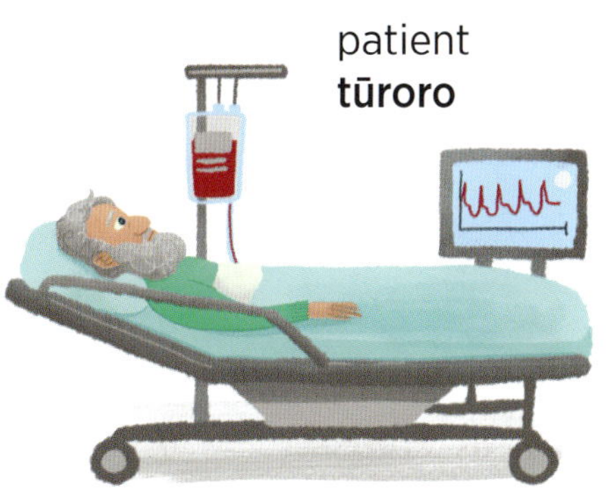

pattern
tauira

I draw a pattern with my felts.
Ka tā ahau i tētahi tauira ki āku pene whītau.

pea
pī

peaceful
rangimārie

peach
pītiti

peanut
pīnati

peanut butter
pīnati pata

pear
pea

pedestrian crossing
rewarangi

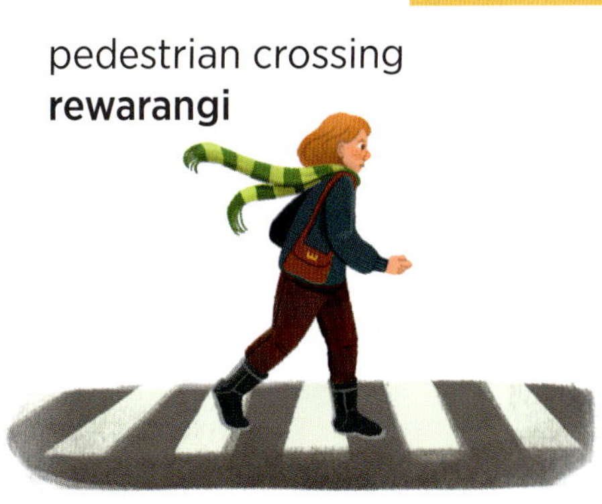

peg
titi

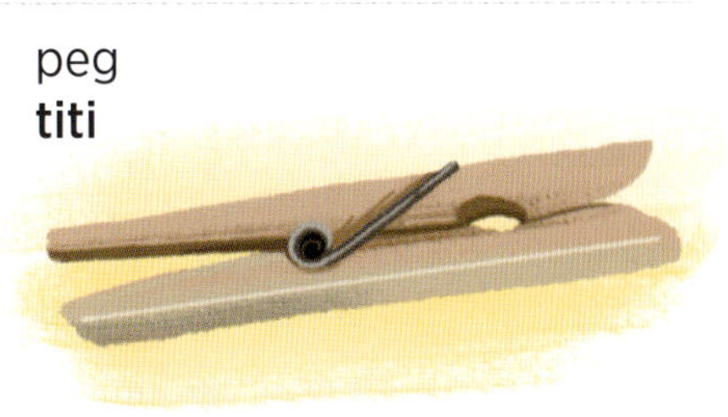

pen
pene

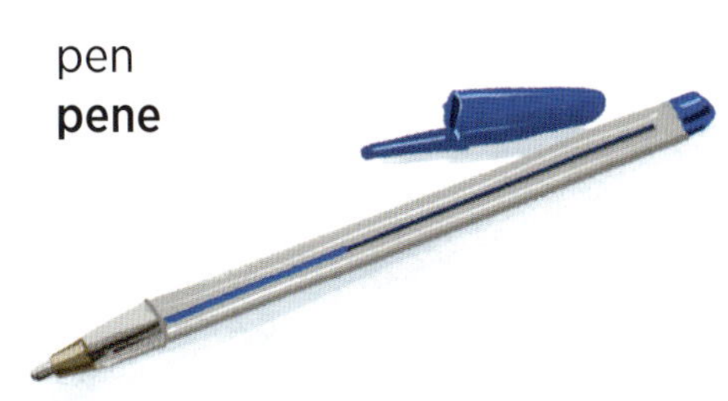

pencil
pene rākau

penguin
kororā

people
tāngata

pepper
pepa

perfume
rautangi

pet
mōkai

petrol
hinu

petrol station
teihana hinu

phone
waea

photocopier
pūrere whakaahua

photograph
whakaahua

photographer
kaiwhakaahua

piano
piana

picnic
pikiniki

picture
whakaahua

pie
pae

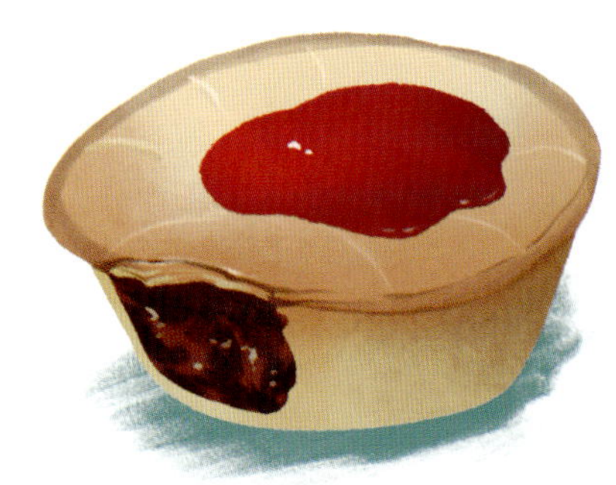

pig
poaka

pigeon
kererū

pile
pū

pill
pire

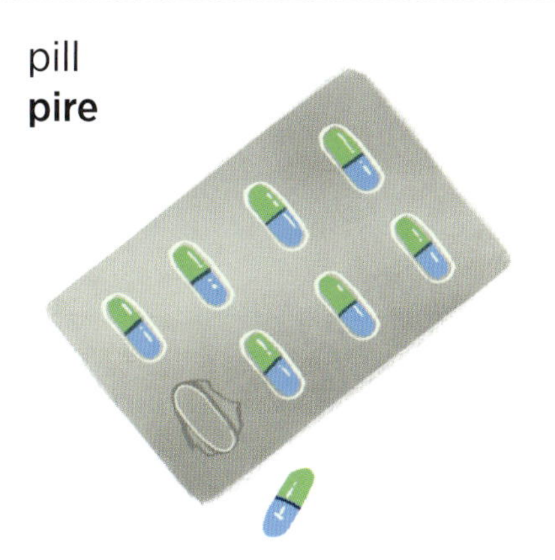

pillow
pera

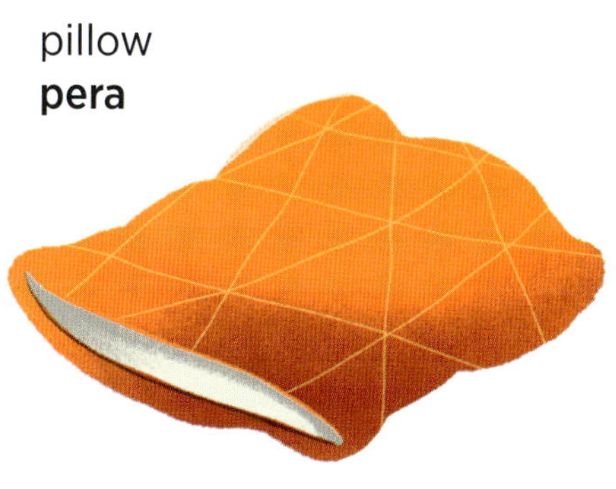

pilot
kaiurungi

pin
pine

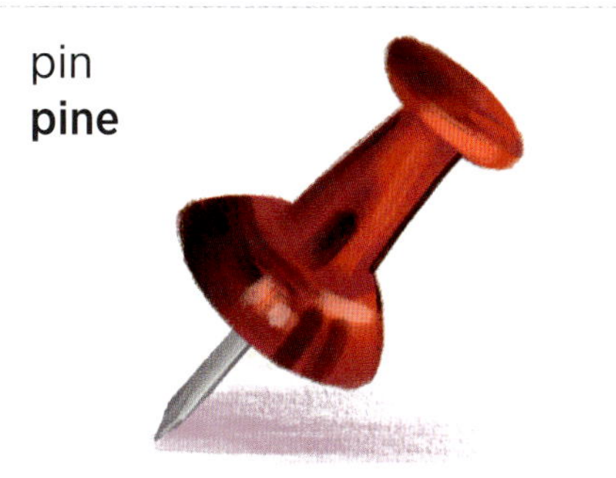

pink
māwhero

pirate
kaitiora

pizza
parehe

plane
waka rererangi

plant
tipu

plastic
kirihou

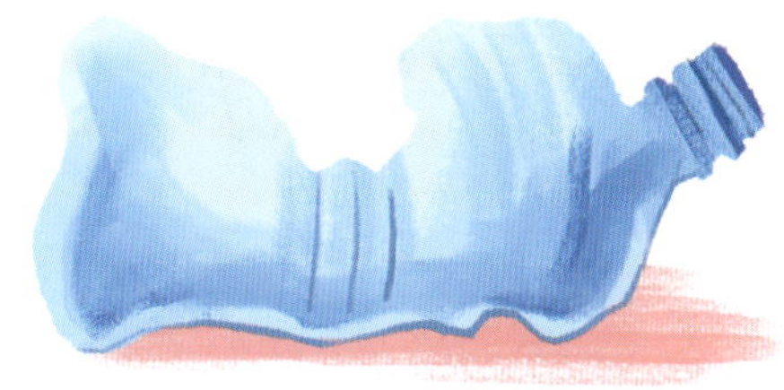

plate
pereti

A plastic plate won't break.
E kore te pereti kirihou e pakaru.

play
tākaro

playground
papa tākaro

please
koa

"Please read me another story."
"Tēnā koa pānuitia mai he kōrero anō."

plug
puru

plum
paramu

pocket
pūkoro

pocket money
utu ā-wiki

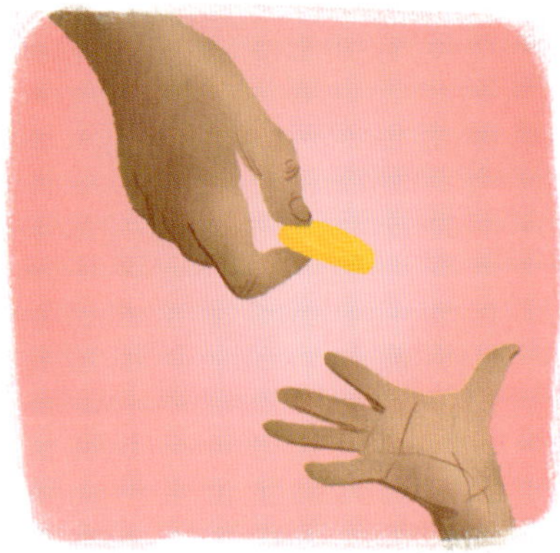

Mum gives me pocket money when my jobs are done.
Ka homai a Māmā i te utu ā-wiki ki ahau ina whakaoti ai āku mahi.

poem
whiti

I wrote a poem about skateboarding.
I tuhi ahau i tētahi whiti mō te eke papawīra.

polar bear
pea hurumā

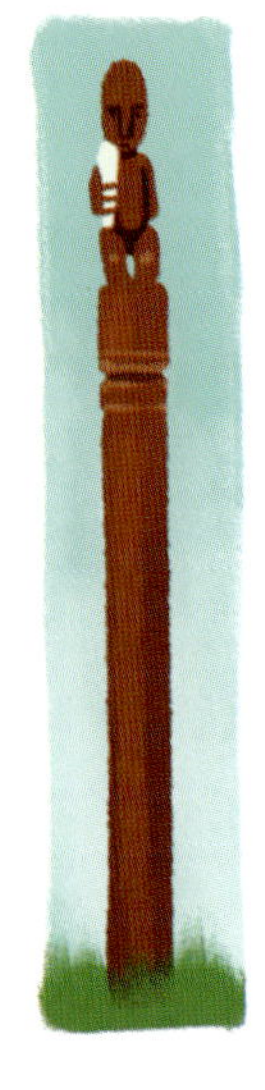

pole
pou

police officer
pirihimana

pollution
pokenga

pond
hōpua

pony
poniponi

pool
hōpua

popcorn
kānga papā

porch
mahau

post
tuku

postie
kaiamo mēra

pot
kōhua

potato
rīwai

pour
ringi

pram
waka pēpi

present
koha

pretty
ātaahua

The present is wrapped in pretty paper.

Kua tākaia te koha ki te pepa ātaahua.

price
utu

prince
piriniha

princess
pirinihehe

principal
tumuaki

The principal spoke at assembly.

I kōrero te tumuaki i te hui ā-kura.

prize
paraihe

proud
whakahīhī

"You won the prize. I'm proud of you."

"I whiwhi koe i te paraihe. Kei te whakahīhī ahau mōu."

puddle
tōhihi

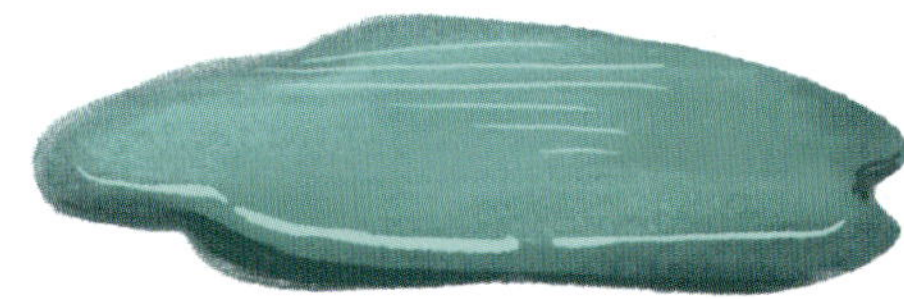

pull
kume

pumice
koropungapunga

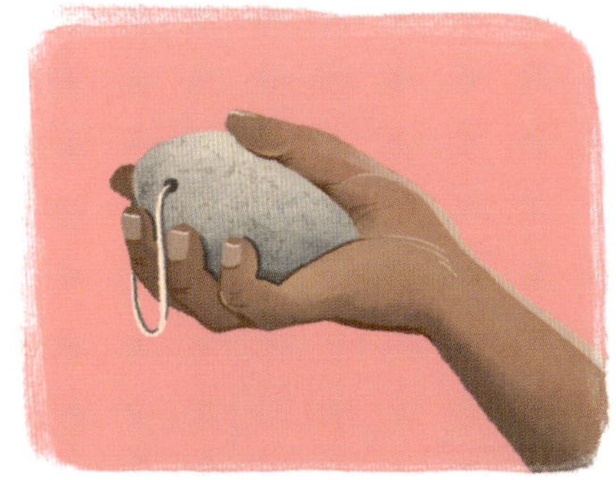

Pumice is easy to lift.

He māmā te hāpai i te koropungapunga.

pumpkin
paukena

puppet
karetao

puppy
papi

purple
waiporoporo

purse
pāhi

push
pana

pushchair
waka pēpi

puzzle
kai

pyjamas
kahu moe

quarrel
tautohe

quarter
hauwhā

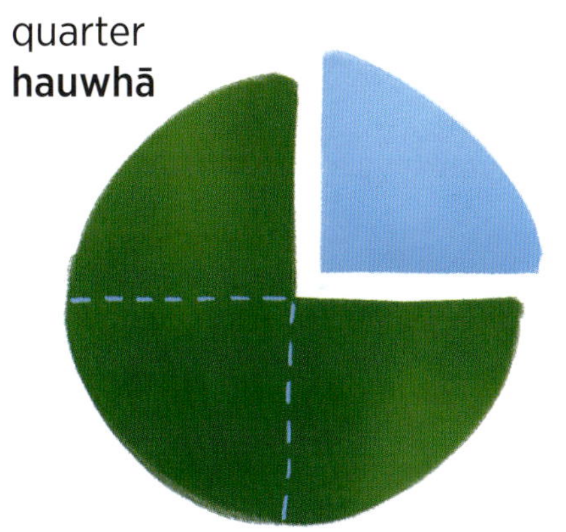

queen
kuīni

question
pātai

I want to ask a question.

He pātai tāku.

queue
rārangi

quickly
tere

I walk quickly so I won't be late for school.

Ka hīkoi tere ahau kei tae tōmuri ki te kura.

quiet
wahangū

We have to be quiet in the library.

Me noho wahangū mātou i te whare pukapuka.

quiz
kai roro

There was a quiz about birds in my book.

I kite au i te kai roro mō ngā manu i roto i taku pukapuka.

rabbit
rāpeti

race
tauomaoma

racquet
patu

radio
reo irirangi

raffle
rāwhara

I sold lots of tickets for the raffle.

I hokohoko ahau i ngā tīkiti maha mō te rāwhara.

railway station
teihana

rain
ua

rainbow
āniwaniwa

raincoat
uarua

raisins
karepe tauraki

rake
rakuraku

rat
kiore

rattle
kākara

read
pānui

red
whero

reed
raupō

referee
kaiwawao

reflection
whakaata

refrigerator
pouaka makariri

remember
maumahara

I remember the teddy I lost.

Ka maumahara au ki te teti pea i ngaro i a au.

remote control
rou mamao

reptile
ngārara

A tuatara is a reptile.

Ko te tuatara he tūmomo ngārara.

rescue
whakaora

restaurant
wharekai

reward
utu

There is a reward for anyone who finds my dog.
He utu mō te tangata ka kite i taku kurī.

ribbon
rīpene

rice
raihi

ring
porowhita

ring
rīngi

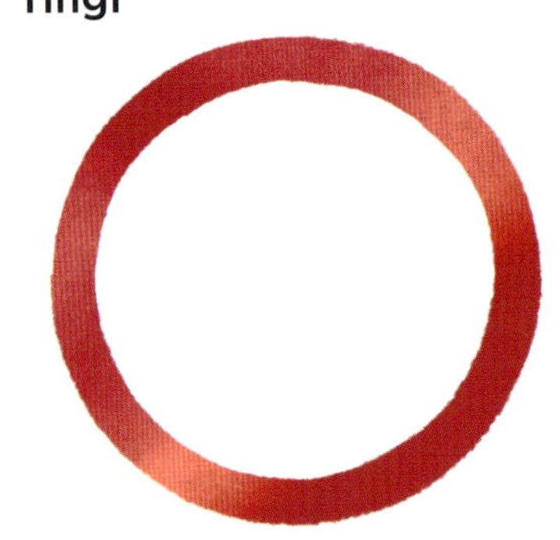

river
awa

road
rori

roadworks
mahi whakatika rori

roar
haruru

robber
tāhae

robot
karetao

rock
toka

rock climbing
piki toka

rocket
waka tūārangi

roll
taka

rollerblades
kōneke

roof
tuanui

room
rūma

This is my room.
Ko taku rūma tēnei.

rooster
tame heihei

root
pū

rope
taura

rose
rōhi

rotten
pirau

rough
taratara

The road is rough.
He taratara te rori.

round
porotaka

rub
mirimiri

I rub my eyes when I am sleepy.
Ki te hiamoe au, ka mirimiri au i ōku karu.

rubber
muku

rubbish
otaota

rugby
whutupaoro

ruler
tauine

run
oma

runway
papa taunga

sacred
tapu

sad
pōuri

saddle
tera

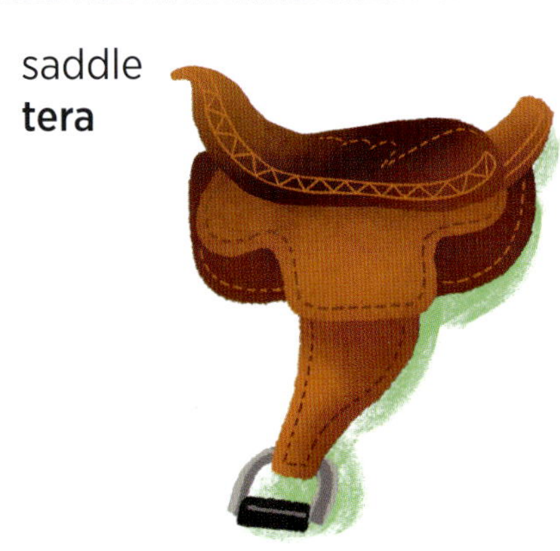

(a) sail
rā

(to) sail
tere

sailor
hēramana

salad
huamata

salt
tote

sand
one

sandpit
rua one

sandals
kopa

sandfly
namu

sandwich
hanawiti

Santa Claus
Hana Kōkō

sauce
wairanu

saucepan
hōpane

sausage
tōtiti

saxophone
pūtohe

scare
whakamataku

school
kura

schoolbag
kopa kura

science
pūtaiao

scientist
kaipūtaiao

scissors
kutikuti

scratch
raku

scream
hāparangi

screen
mata

sea
moana

seafood
kaimoana

seagull
karoro

seal
kekeno

search
kimi

I search for my soccer boots.
Ka kimi ahau i ōku pūtu poikiri.

seasick
ruaki moana

seat
tūru

seatbelt
tātua tūru

seaweed
rimurimu

see
kite

My new glasses help me to see.
Mā ōku mōwhiti hou ka taea e au te kite atu.

seed
kākano

seesaw
pīoioi

sell
hoko atu

send
tuku

I will send a letter to Santa Claus.
Māku e tuku reta ki a Hana Kōkō.

sew
tui

shadow
ātārangi

shake
rū

shake hands
harirū

shampoo
hopi makawe

shark
mangō

shave
waru

sheep
hipi

sheet
hīti

I make a hut from a big sheet.
Ka hanga ahau i tētahi wharau ki te hīti nui.

shell
anga

shiny
pīataata

ship
kaipuke

shirt
hāte

shiver
wiri

shoe
hū

shoelace
kaui

shop
toa

shorts
tarau poto

shoulder
pokohiwi

shout
hāmama

shovel
koko

shower
uwhiuwhi

shower
tūāua

shut
katia

The door is shut.
Kua katia te kūaha.

shy
whakamā

sick
māuiui

sign
tohu

sing (of birds)
korihi

singer
kaiwaiata

sing
(of people)
waiata

sister
tuahine (of a boy)
tuakana (older, of a girl)
teina (younger, of a girl)

Moana is Rona's little sister.
Ko Moana te teina o Rona.

sit
noho

skateboard
papawīra

skates
kopareti

skeleton
anga

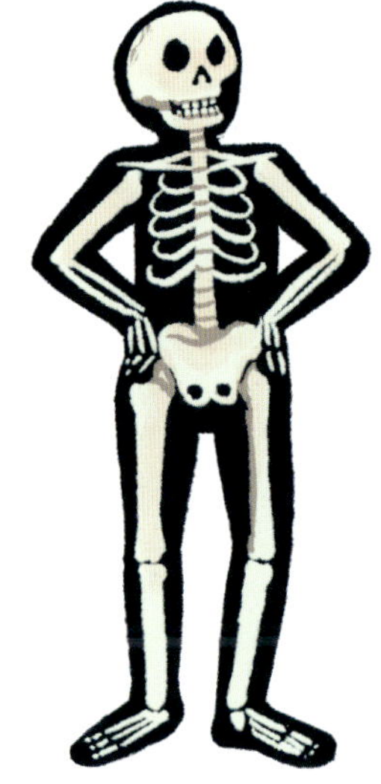

skin
kiri

My skin has freckles.
He iraira kei tōku kiri.

skipping rope
taura piu

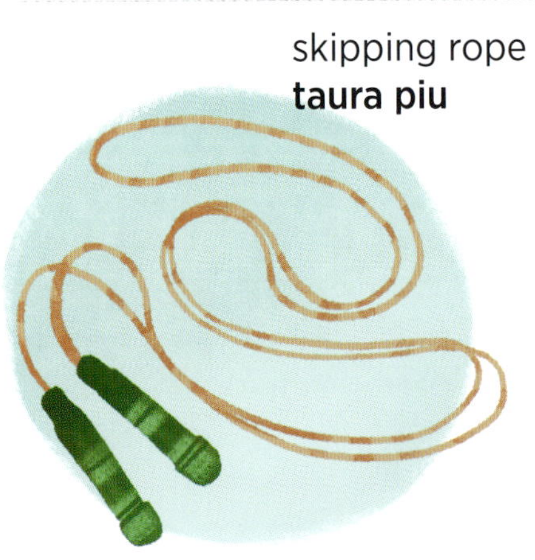

skirt
panekoti

skull
papa angaanga

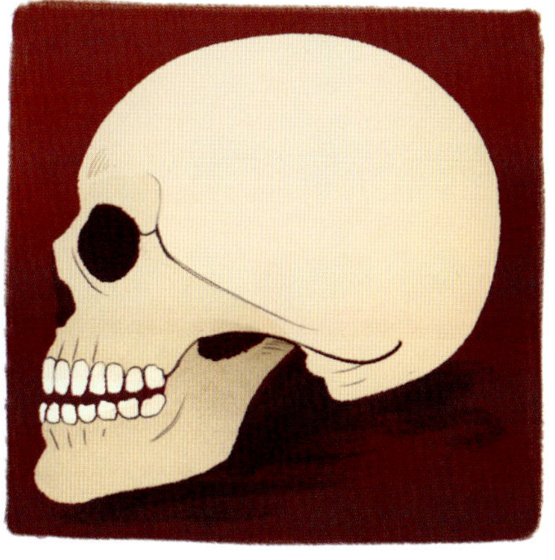

sky
rangi

slam
āki

slap
paki

sleep
moe

sleeping bag
pūngene

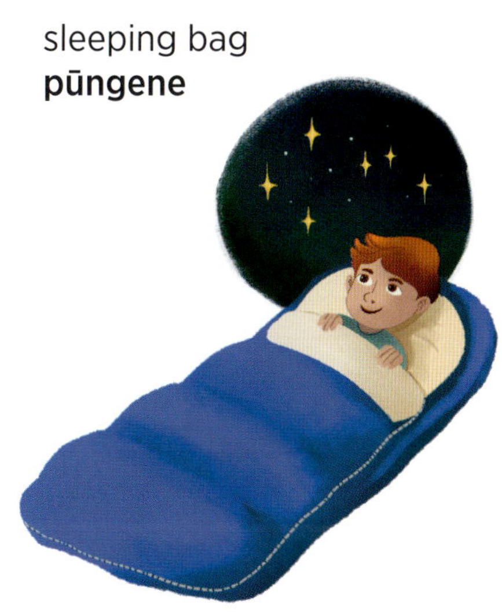

sleeve
ringaringa

slice
poro

slide
retireti

slipper
hiripa

slow
pōturi

small
iti

smell
rongo

smile
menemene

snack
paramanawa

snail
ngata

snake
nākahi

snapper
tāmure

sneeze
tihe

snorkel
ngongohā

snow
huka

soap
hopi

soccer
poikiri

socks
tōkena

sofa
hōpa

soft drink
waireka

soldier
hōia

son
tama

song
waiata

I learnt a new song today.
I tēnei rā i ako ahau i tētahi waiata hou.

sorry
aroha mai

"Oops, sorry."
"Auē, aroha mai."

soup
hupa

sour
kawa

Lemons are sour.
He kawa ngā rēmana.

space
ātea tūārangi

spaceship
waka tūārangi

spade
kāheru

sparrow
tiutiu

spear
huata

speed
tere

speed camera
kāmera tere

speedboat
wakatere

spelling
tātaki kupu

We have spelling for homework.
He tātaki kupu tā mātou mahi kāinga.

spider
pūngāwerewere

spider's web
tukutuku

spill
maringi

sponge
hautai

spoon
koko

sport
hākinakina

I like playing sport.
He pai au ki te mahi hākinakina.

spring
kōanga

stage
atamira

stairs
arawhata

stamp
takahi

stamp
pane kuīni

stand
tū

We stand up to sing.
Ka tū mātou ki te waiata.

star
whetū

starfish
pātangatanga

stay
noho

I stay in bed when I am sick.
Ka noho au ki te moenga ina ka māuiui au.

steam
korohū

sticking plaster
tāpi

stingray
whai

stomach
puku

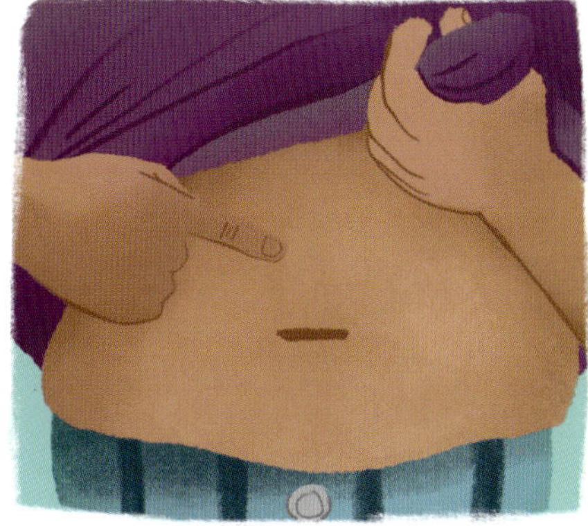

stone
kōwhatu

stool
tūru

storehouse
pātaka

storm
āwhā

story
pūrākau

Grandpa tells us a story.
Ka kōrero mai a Koro i tētahi pūrākau ki a mātou.

stove
tō

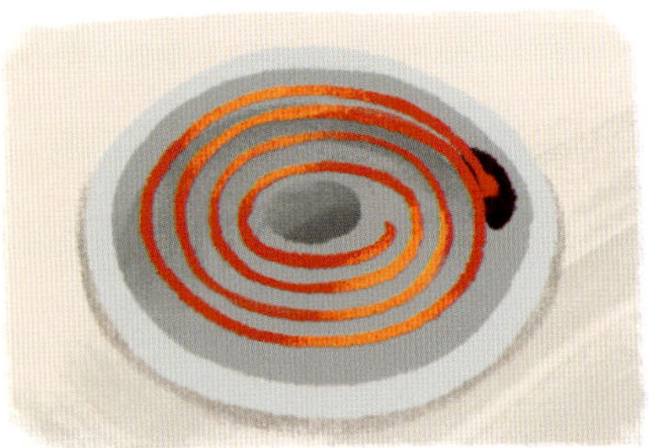

strawberry
rōpere

stream
manga

street
tiriti

This is the street where I live.
E noho ana ahau i tēnei tiriti.

string
aho

stroke
hokomirimiri

strong
kaha

student
ākonga

submarine
waka whakatakere

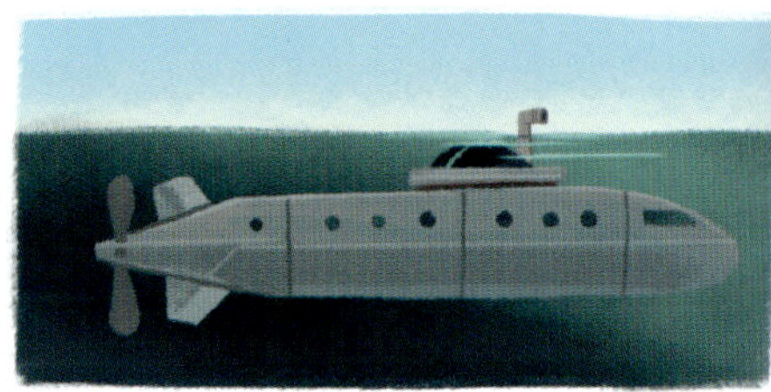

sugar
huka

suit
hūtu

summer
raumati

sun
rā

sunburn
tīkākā

sunglasses
mōwhiti rā

sunscreen
pare tīkākā

supermarket
hokomaha

surf
karekare

surf
whakaheke ngaru

surfboard
kōpapa

surprise
tumeke

swamp
repo

swan
wani

sweatshirt
poraka

sweep
tahi

sweet
reka

swim
kauhoe

swimming pool
hōpua

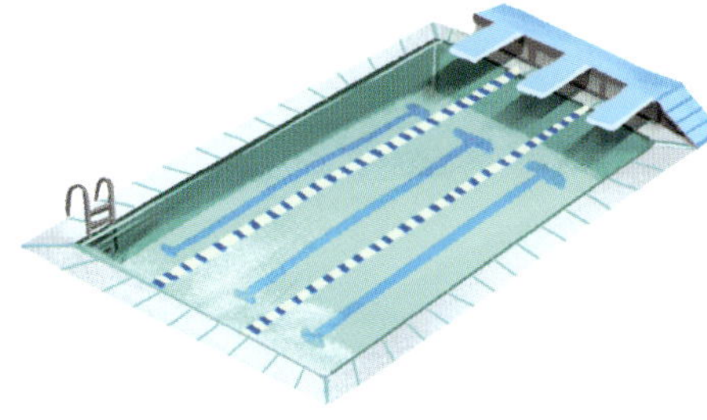

swing
tārere

sword
hoari

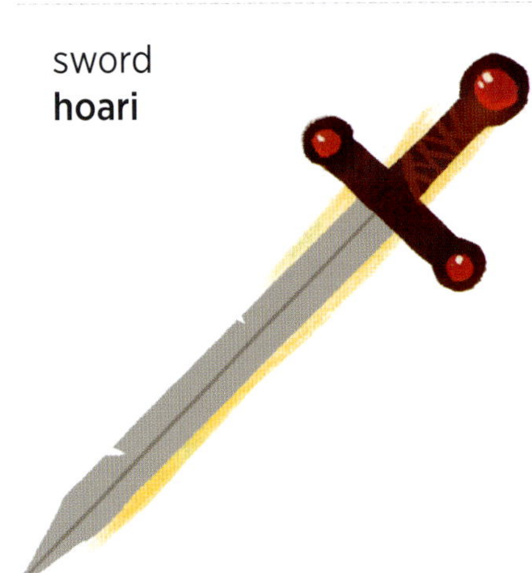

Tt

table
tēpu

tail
hiku

talk
kōrero

I talk to
my friend
on the phone.
Ka kōrero māua ko
tōku hoa i runga waea.

tall
tāroaroa

taste
hā

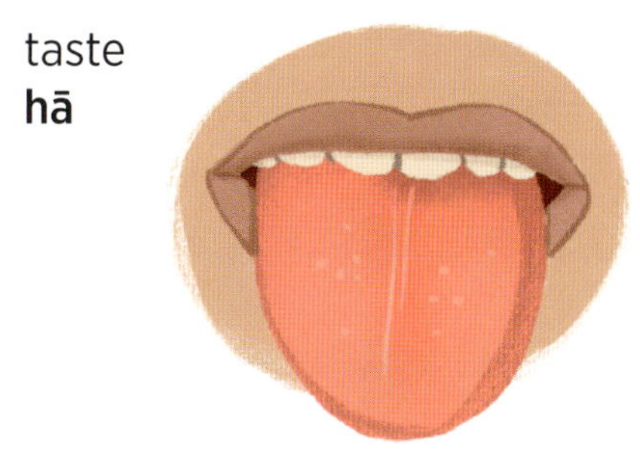

taxi
wakatono

tea
tī

teacher
kaiako

team
kapa

teapot
tīpāta

tear
haehae

tears
roimata

teddy bear
teti pea

teeth
niho

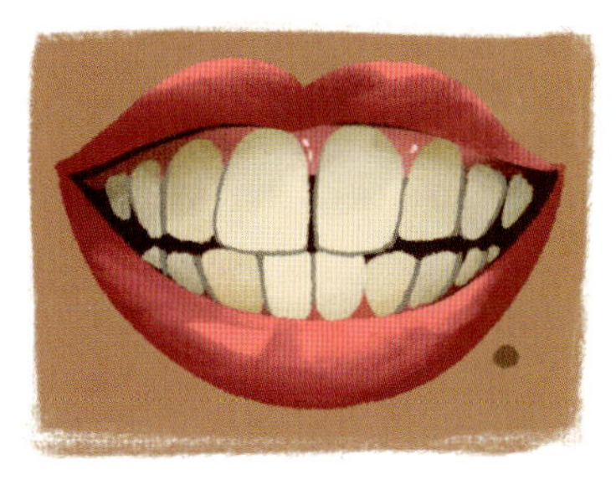

telephone
waea

television
pouaka whakaata

temper
pukukino

tennis
tēnehi

tent
tēneti

thank you
tēnā koe

"Thank you for having me."
"Tēnā koe i tō manaaki i ahau."

thick
mātotoru

thief
tāhae

thin
rahirahi

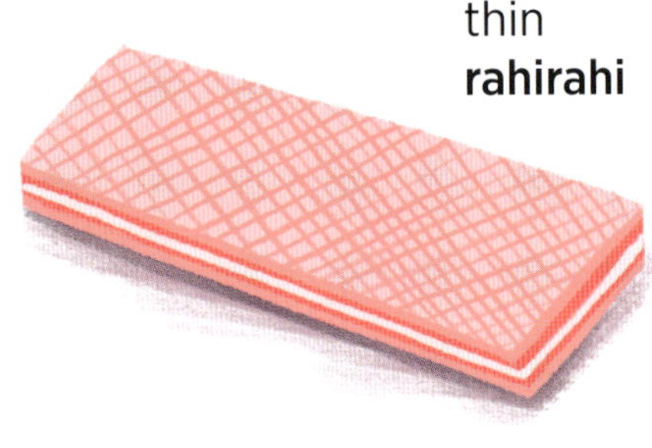

think
whakaaro

I try to think of the answer.
Ka whakaaro au mō te whakautu.

thread
miro

throne
torōna

thrush
tiutiu

thumb
kōnui

thunder
whaitiri

thunderstorm
rautupu

There was thunder and lightning during the thunderstorm.

I te rautupu ka tangi te whaitiri, ka tuhi te uira.

ticket
tīkiti

tickle
whakangaoko

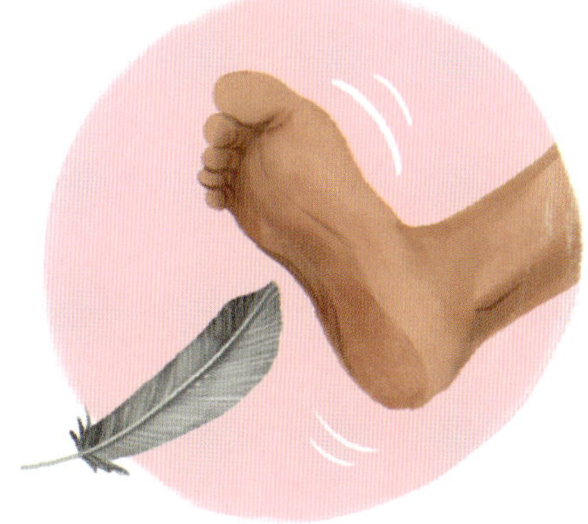

tide
tai

I like to swim when the tide is in.

Ko te tai pari te wā pai hei kaukau māku.

tiger
taika

time
wā

tiny
itiiti

tiptoe
hītekiteki

tired
ngenge

tissue
aikiha pepa

toad
poraka taratara

toadstool
ipurangi

toast
tōhi

toaster
whakatōhi

toe
matimati

toffee
tawhi

toilet
wharepaku

toilet paper
pepa whēru

tomato
tōmato

tongue
arero

tooth
niho

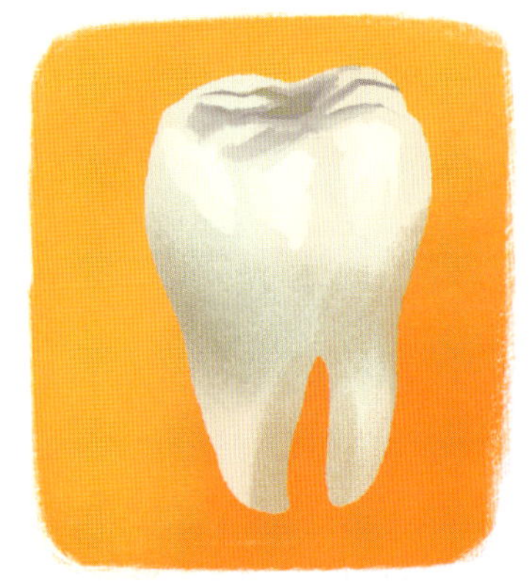

toothache
niho tunga

toothbrush
paraihe niho

toothpaste
pēniho

topknot
tikitiki

torch
rama

torn
tīhaea

tourist
tāpoi

towel
tauera

tower
pourewa

town
tāone

I come from the town of Taihape.

Nō te tāone o Taihape ahau.

toy
taonga tākaro

track
ara

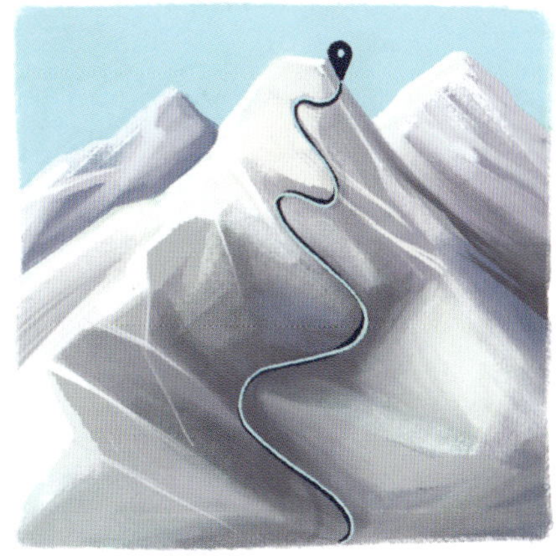

tracksuit
kaka rēhia

tractor
tarakihana

traffic jam
inaki waka

traffic lights
rama waka

train
tereina

trampoline
tūraparapa

trap
tāwhiti

travel
haere

I like to travel on the bus.

He pai ki a au te haere mā runga pahi.

treasure
taonga

tree
rākau

tribe
iwi

"My tribe is Ngāi Tahu."

"Ko Ngāi Tahu tōku iwi."

tricycle
taraihikara

trip
haerenga

"Have a good trip."

"Kia pai tō haerenga."

trouble
raru

I am having trouble with my shoelaces.

Kei te raru ahau i ōku kaui.

trousers
tarau

trout
taraute

truck
taraka

trumpet
pūawanui

trunk
tīwai

t-shirt
tī hāte

tunnel
arapoka

twins
māhanga

ugly
paraheahea

umbrella
marara

uncle
matua kēkē

Mark is Dylan's uncle.
Ko Māka te matua kēkē o Dylan.

under
raro

I hide under the table.
Ka huna ahau ki raro i te tēpu.

underwater
whakatakere

underwear
kōpū

unhappy
pōuri

uniform
kākahu ōrite

up
runga

use
whakamahi

I use lots of paint.
Ka whakamahi ahau i te nui o te peita.

vacuum cleaner
hororē

van
kōporo

vase
ipu

vegetables
huawhenua

veranda
mahau

very
tino

I am very strong.
He tino kaha ahau.

vet
rata kararehe

vineyard
māra wāina

visitors
manuhiri

voicemail
karere reo

I leave a message on Granny's voicemail.
Ka waiho ahau i tētahi karere i runga i te karere reo o Karani.

volcano
puia

vomit
ruaki

Ww

wade
kau

wag
whiuwhiu

waist
hope

wait
tatari

walk
hīkoi

wall
pakitara

wall
taiepa

wallet
kopa

wand
tira

want
pīrangi

I want my dinner.
Kei te pīrangi ahau ki taku hapa.

wardrobe
kāpata kākahu

warm
mahana

warrior
toa

wash
horoi

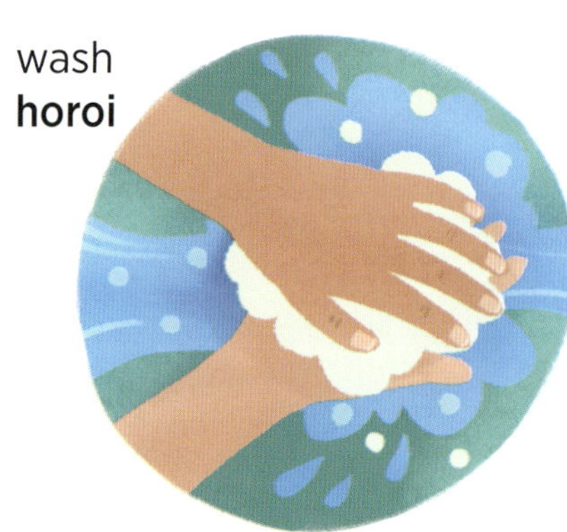

washing machine
pūrere horoi

wasp
wāpi

watch
wati

watch
mātaki

I like to watch Dad playing rugby.
He pai au ki te mātakitaki i a Pāpā e tākaro whutupaoro ana.

water
wai

waterfall
hīrere

watering can
kēna wai

watermelon
merengi

water-skiing
retiwai

wave
pōwhiri

wave
ngaru

weather
āhua o te rangi

In summer the weather is hot.

He wera te āhua o te rangi i te raumati.

weave
raranga

Granny shows me how to weave.

Ka whakaako a Karani i ahau ki te raranga.

wedding
mārenatanga

weeds
otaota

week
wiki

A week has seven days.

E whitu ngā rā i te wiki kotahi.

weekend
mutunga wiki

At the weekend I like to play.

I te mutunga wiki he pai au ki te tākaro.

welcome
pōwhiri

We put on a welcome for the new principal.

I whakatū mātou i tētahi pōwhiri mō te tumuaki hou.

wet
mākū

whale
tohorā

wharf
wāpu

wheel
wīra

wheelbarrow
huripara

wheelchair
tūru wīra

whisper
kōhimu

white
mā

whitebait
īnanga

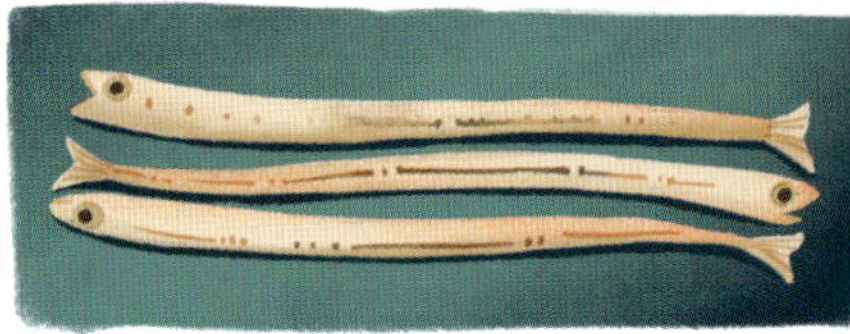

whiteboard
papa mā

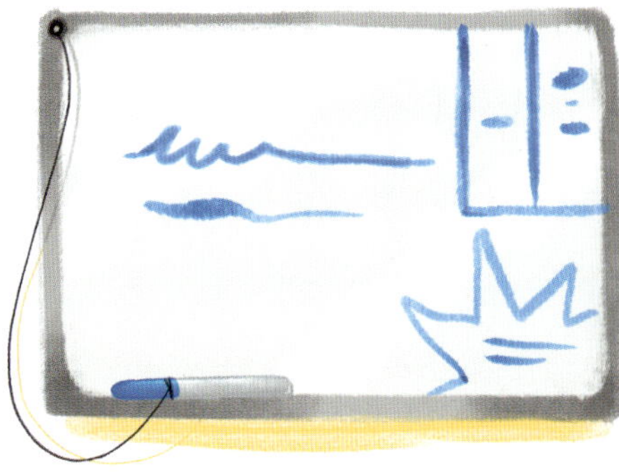

wife
wahine

My grown-up brother has a wife and a baby.

He wahine, he pēpi hoki tō taku tuakana pakeke.

wildlife
ngā tini a Tāne

wind
hau

window
matapihi

windscreen
mataaho waka

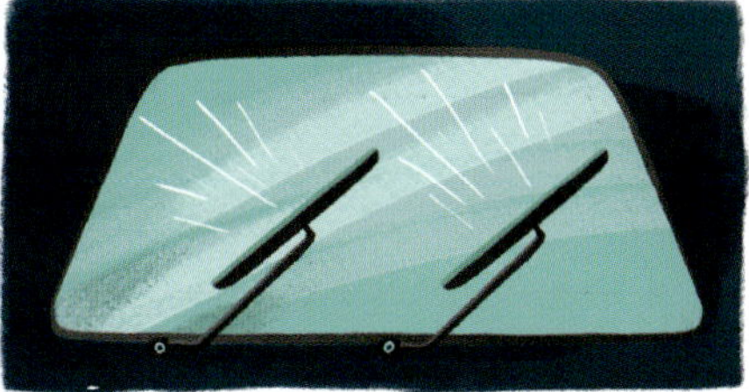

windsurfing
mirihau

wing
parirau

wink
kimo

winter
makariri

wipe
ūkui

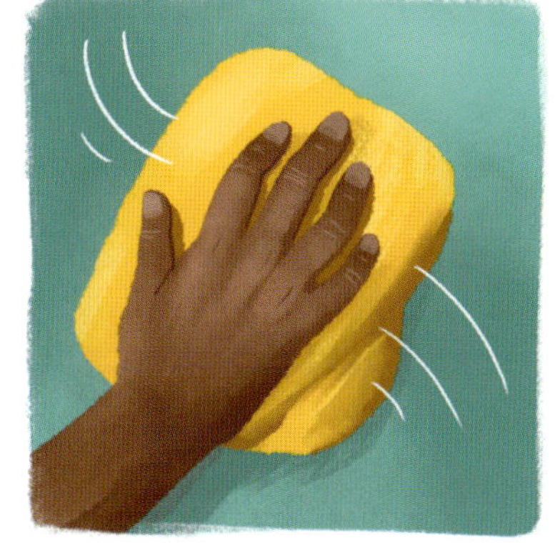

wish
hiahia

I wish I had a skateboard.

Kei te hiahia ahau i te papawīra.

witch
wahine mākutu

wizard
ruānuku

wolf
wūruhi

woman
wahine

wood
rākau

The park bench is made of wood.

E hangaia ana te paepae pāka ki te rākau.

wool
wūru

work
mahi

This is hard work.

He uaua tēnei mahi.

worker
kaimahi

world
ao

worm
noke

worry
māharahara

I worry about my dog. She might be lost.

Kei te māharahara ahau mō taku kurī. Kua ngaro pea ia.

wrap
tākai

I wrap up my doll to keep her warm.

Ka tākai au i taku tāre hei whakamahana i a ia.

write
tuhituhi

I write a letter to Santa.

Ka tuhituhi reta ahau ki a Hana Kōkō.

Xx

X-ray
whakaata roto

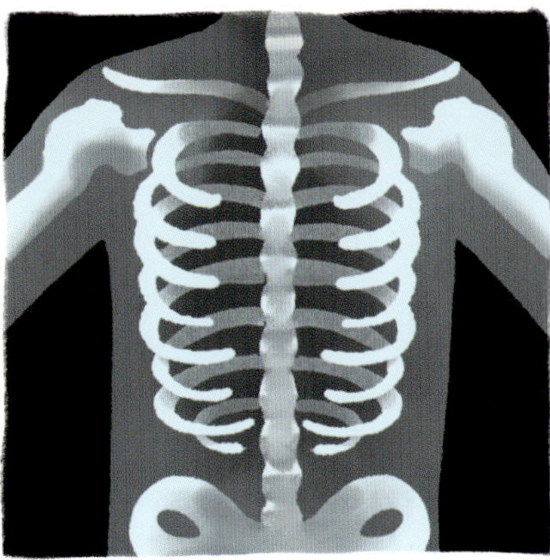

xylophone
pakakau

yacht
iata

yawn
hītakotako

year
tau

There are twelve months in a year.

Tekau mā rua ngā marama i te tau kotahi.

yell
horu

yellow
kōwhai

yes
āe

yoghurt
miraka tepe

yolk
tōhua

zebra
hepara

zebra crossing
rewarangi

zip
kōtui

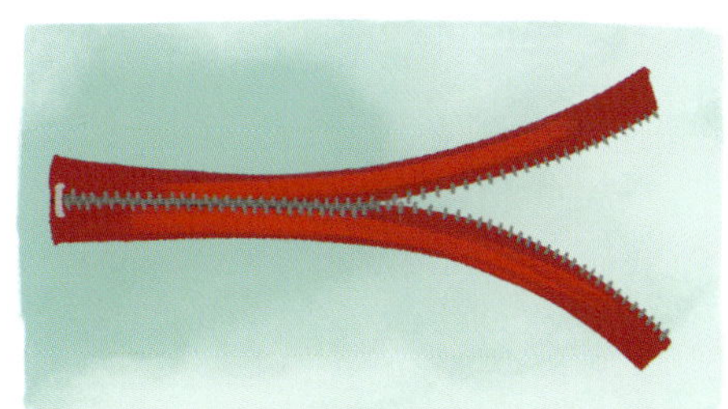

zoo
papa kararehe

Themed word lists
Ngā rārangi kupu ā-kaupapa

Days of the week	**Ngā rā o te wiki**
Monday	Rāhina
Tuesday	Rātū
Wednesday	Rāapa
Thursday	Rāpare
Friday	Rāmere
Saturday	Rāhoroi
Sunday	Rātapu

Months of the year	**Ngā marama o te tau**
January	Kohitātea
February	Hui-tanguru
March	Poutū-te-rangi
April	Paengawhāwhā
May	Haratua
June	Pipiri
July	Hōngongoi
August	Hereturikōkā
September	Mahuru
October	Whiringa-ā-nuku
November	Whiringa-ā-rangi
December	Hakihea

Numbers	**Ngā tau**
1	tahi
2	rua
3	toru
4	whā
5	rima
6	ono
7	whitu
8	waru
9	iwa
10	tekau
11	tekau mā tahi
12	tekau mā rua
13	tekau mā toru
14	tekau mā whā
15	tekau mā rima
16	tekau mā ono
17	tekau mā whitu
18	tekau mā waru
19	tekau mā iwa
20	rua tekau
30	toru tekau
40	whā tekau
50	rima tekau
60	ono tekau
70	whitu tekau
80	waru tekau
90	iwa tekau
100	kotahi rau
200	e rua rau
300	e toru rau
1000	kotahi mano

Colours	**Ngā tae**
black	pango
pink	māwhero
blue	kikorangi
purple	waiporoporo
brown	parauri
red	whero
green	kākāriki
white	mā
orange	karaka
yellow	kōwhai

Shapes	**Ngā āhua**
circle	porowhita
square	tapawhā rite
oval	matahua
triangle	tapatoru
rectangle	tapawhā
diamond	taimana

Parts of the body	**Ngā wāhanga o te tinana**
head	upoko
hair	makawe
face	mata
eyes	karu
ears	taringa
nose	ihu
tongue	arero
mouth	waha
teeth	niho
neck	kakī
shoulders	pokohiwi
chest	poho
arms	ringaringa
elbows	whatīanga
fingers	matimati
hands	ringaringa
stomach	puku
waist	hope
back	tuarā
legs	waewae
knees	turi
feet	waewae
toes	matimati

Cities and towns of New Zealand	**Ngā tāone o Aotearoa**
North Island	Te-Ika-a-Māui
Russell	Kororāreka
Auckland	Tāmaki-makau-rau
Hamilton	Kirikiriroa
New Plymouth	Ngāmotu
Gisborne	Tūranganui-a-Kiwa
Hastings	Heretaunga
Napier	Ahuriri
Palmerston North	Papaioea
Wellington	Te Whanganui-a-Tara
South Island	Te Waipounamu
Nelson	Whakatū
Christchurch	Ōtautahi
Milford Sound	Piopiotahi
Dunedin	Ōtepoti
Invercargill	Murihiku
Stewart Island	Rakiura
Chatham Islands	Rēkohu/Wharekauri

At home
I te kāinga

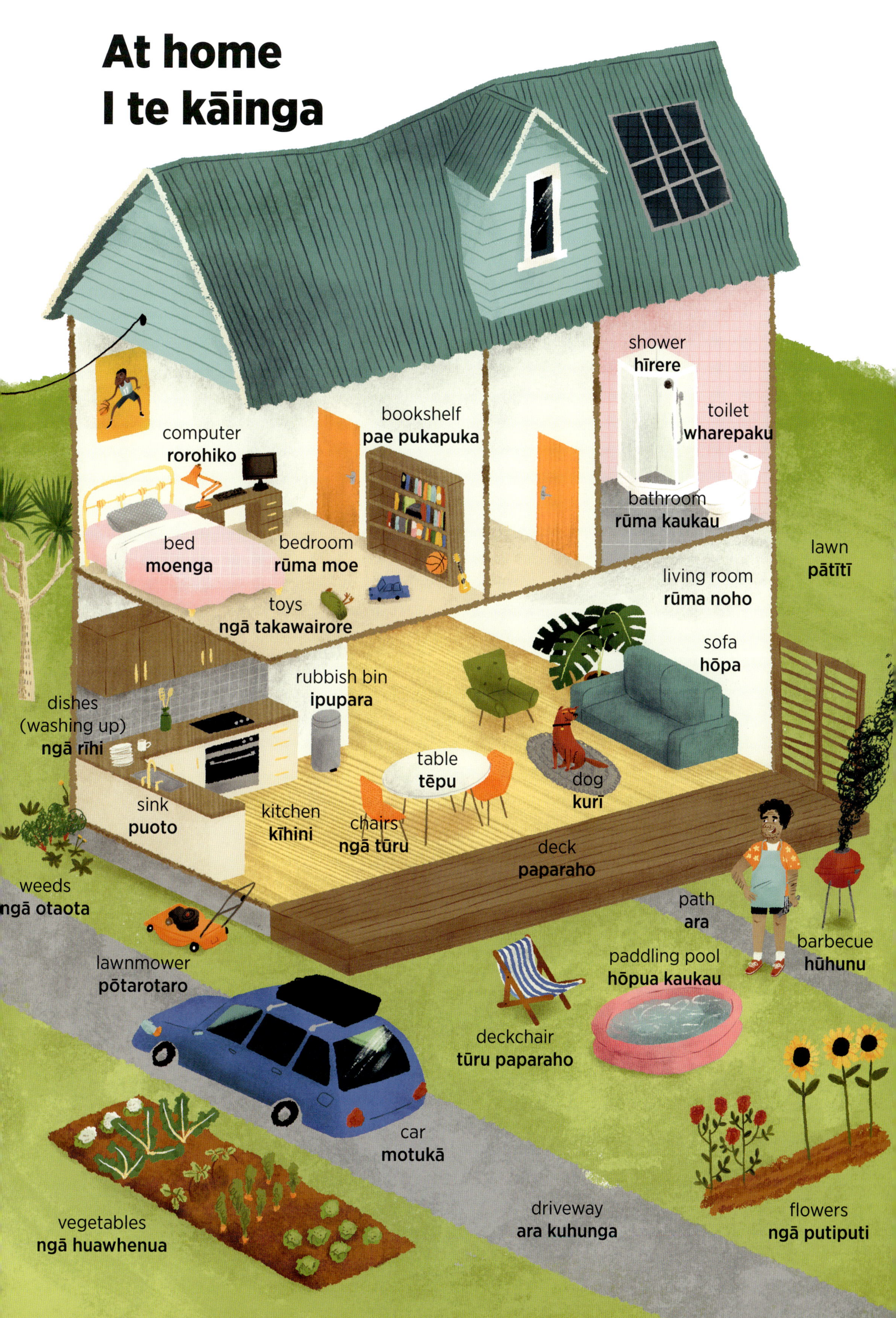

In the classroom
I te taiwhanga ako

On the marae
Ki runga marae

Māori–English word-finding list

A

āe yes
ahi fire
ahiahi afternoon
aho string
āhua o te rangi weather
aihe dolphin
aihikirīmi ice cream
aikiha pepa tissue
aka wāina grapevine
āki slam
ako learn
ākonga student
amuamu grumble
ana cave
anahera angel
anga shell, skeleton
aniana onion
āniwaniwa rainbow
anuhe caterpillar
Ao Earth
ao world
ao tūroa nature
āporo apple
āputa gap
ara path, track
ara maiangi escalator
ārai apron, curtain
Aranga Easter
ārani orange
arapoka tunnel
arawhata bridge, ladder, stairs
arero tongue
arewhana elephant
aroha love
aroha mai sorry
ata morning
ātaahua beautiful, pretty
atamira stage
ātārangi shadow
ātea tūārangi space
auau bark
auē ouch
aukume magnet
awa river
āwhā storm
awhi cuddle, hug
āwhina help

E

e noho rā goodbye (said to those staying)

H

hā breath, taste
haehae tear
haeana iron
haere come, go, travel
haere rā goodbye (said to those leaving)
haerenga journey, trip
hākari feast
hake hockey
haki flag
hākinakina sport
hako clown
hama hammer
hāmama shout
hāmipēka hamburger
Hana Kōkō Father Christmas, Santa Claus
hanawiti sandwich
hāora hour
hapa accident, dinner, mistake
hāpai lift
hāparangi scream
harakeke flax
hararei holiday
harirū shake hands
harore mushroom
haruru roar
hāte shirt
hau air, wind
haupōro golf
hauora healthy
haurua half
hautai sponge
haututū mischievous
hauwhā quarter
heihei chicken, hen
hekerangi parachute
hēki egg
hēki Aranga Easter egg
hēneti cent
hepara zebra
hēramana sailor
heru comb
hetiheti hedgehog
hī ika fishing
hiahia wish
hiakai hungry
hiamo excited
hiko electricity
hīkoi walk
hiku tail
hinu oil, petrol
hipi sheep
hipihope hip-hop
hipohipo hippopotamus
hīrawhe giraffe
hīrere shower, waterfall
hiripa slipper
hītakotako yawn
hītekiteki tiptoe
hīti sheet
hoa friend
hoari sword
hoariri enemy
hoatu give (to someone else)
hoe oar, paddle
hōhā fed up
hōhipera hospital
hōia soldier
hōiho horse
hoihoi loud
hoko atu sell
hoko mai buy
hokohoko karāti garage sale
hokomaha supermarket
hokomirimiri stroke
homai give (to me)
hōpa sofa
hōpane saucepan
hope hips, waist
hopi soap
hopi makawe shampoo
hopu catch
hōpua pond, pool, swimming pool
hōro hall
horo whenua landslide
horoi wash
hororē vacuum cleaner
horu yell
hōtēra hotel
hou new
hū shoe
hua hīmoemoe grapefruit
hua parāoa pastry
huamata salad
huarākau fruit
huata spear
huawhenua vegetables

hūhunu barbecue
hui ā-kura assembly
huka foam, icing, snow, sugar
hukapapa frost, ice
huna hide
hupa soup
huripara wheelbarrow
huritau birthday
hūtu suit

I

iata yacht
ihu nose
ika fish
inaki waka traffic jam
īnanga whitebait
ine measure
ingoa name
inu drink
ipu jar, vase
ipurangi internet, toadstool
iraira freckles
irāmutu nephew, niece
iroriki germs
i te taha beside
iti little, small
itiiti tiny
iwi tribe

K

ka pai! good!
kaha strong
kāheru spade
kahu cloak
kahu moe pyjamas
kahu tangatanga dressing gown
kai eat, food, meal, puzzle
kai roro quiz
kaiahuwhenua farmer
kaiako teacher
kaiamo mēra postie
kaihana cousin
kaihanga whare builder
kāihe donkey
kaihī ika fisherman
kaihoro greedy
kaikanikani dancer
kaikuki cook
kaikuti makawe hairdresser
kaimahi worker
kaimoana seafood
kāinga home
kaipara athlete
kaipatu ahi fire fighter
kaipōkai tūārangi astronaut
kaipuke ship
kaipūtaiao scientist
kairuku diver
kaitaraiwa driver
kaitaraiwa pahi bus driver
kaitiaki pēpi babysitter
kaitiora pirate
kaitūmatarau magician
kaiurungi pilot
kaiwaiata singer
kaiwawao referee
kaiwhakaahua photographer
kaiwhakataetae competitor
kaiwhakatangitangi musician
kaiwhakatikatika pūkaha mechanic
kākā parrot
kaka rēhia tracksuit
kākahu clothes, dress
kākahu ōrite uniform
kākāiti budgie
kākano berry, seed
kākara rattle
kākāriki green, parakeet
kakau handle
kakī neck
kāmera camera
kāmera tere speed camera
kānga corn
kānga papā popcorn
kangaru kangaroo
kanikani dance
kāo no
kapa team
kāpata cupboard
kāpata kākahu wardrobe
kāpeti cabbage
kāpia glue
kāpō blind
kapowai dragonfly
kapu cup
kapu hēki egg cup
kapua cloud
karaehe class, glass
karaka clock, orange
karaka whakaoho alarm clock
karanga call
kararehe animal
karate karate
karāti garage
karauna crown
karawaka measles
kare ā-roto emotions
karekare surf
kareparāoa cauliflower
karepe grape
karepe tauraki raisins
karere message
karere hiko email
karere reo voicemail
karetao puppet, robot
kāreti carrot
kāri card, postcard
karoro seagull
karu eye
karu whakarahi microscope
kata laugh
kati shut
katoa all
kau bare, cow, wade
kauae chin
kauhoe swim
kaui shoelace
kaunihera council
kawa sour
kāwanatanga government
kawe rongo headphones
kāwhe calf
kawhe coffee
kēhua ghost
keke cake
kekeno seal
kēmihi chemist
kēmu game
kēmu rorohiko computer game
kēna wai watering can
kererū pigeon
keri dig
kete basket, handbag
kēti gate
kī key
ki tua over (to the other side)
kia ora hello
kihi kiss
kihikihi cicada
kīhini kitchen
kikorangi blue
kimi search
kimo wink
kīngi king
kino bad, hate
kiore mouse, rat
kiri skin
Kirihimete Christmas
kirihou plastic
kirikiti cricket
kirīmi cream
kiritaki customer
kiritata neighbour
kite find, see
koa happy, please
kōanga spring

koara koala
koha gift, present
kōhanga nest
kohi gather
kōhimu whisper
kohu fog, mist
kōhua pot
koko shovel, spoon
komiti committee
kōneke rollerblades
kōnui thumb
kopa sandals, wallet
kopa kura schoolbag
kōpaepae pūoru compact disc
kōpaki envelope
kōpapa surfboard
kopareti skates
kōpere arrow
kōporo van
kōpū underwear
kōrapa cage
kōrero talk
kōrero pūrākau story
kōrero whakakata joke
kōreti kayak
korikori tinana exercise
korimako bellbird
korohū steam
koromāhanga bow
koropungapunga pumice
kororā penguin
koroua grandfather
kōtare kingfisher
koti coat
kōtiro girl
kōtui zip
kōtuku heron
kōura crayfish
kōwhai yellow
kōwhatu stone
kūaha door
kuia grandmother
kuihi goose
kuīni queen
kume pull
kūmete bowl
kumi ihupoto alligator
kumi ihuroa crocodile
kupenga net
kura school
kura kōhungahunga kindergarten
kura tuarua high school
kurī dog
kurī ārahi guide dog
kūtai mussel
kutikuti scissors

M

mā white
maha many
mahana warm
māhanga twins
māharahara worry
mahau porch, veranda
maheni magazine
mahere whenua map
mahi job, work
mahi kāinga homework
mahi whakatika rori roadworks
māhū gentle
maikuku claw
maka mug
makariri cold, winter
makawe hair
makimaki monkey
makinui gorilla
mākū wet
mākūkū damp
māmā light, mum
mānawa mangrove
manawa heart
manawanui brave, patient
manga creek, stream
māngere lazy
mangō shark
maninirau circus
manu bird
manuhiri guests, visitors
mānukanuka anxious
manu tukutuku kite
māra garden
māra wāina vineyard
marama month, moon
maramara rīwai chips
marara umbrella
maremare cough
mārena marry
mārenatanga wedding
maringi spill
māripi knife
mārō hard
maruhā mask
mata face, screen
mataaho waka windscreen
mātaki watch
matangi breeze
matapihi window
matau fish-hook, hook
mate dead, die
māti match
matimati finger, toe
matira fishing rod
mātotoru thick
mātua parents
matua kēkē uncle
mau kakī necklace
māuiui sick
maumahara remember
maunga mountain
māunu bait
māwhero pink
māwhitiwhiti grasshopper
menemene smile
mēra mail
merengi melon, watermelon
mīere honey
mihi greet
mīhini keri digger
miraka milk
miraka tepe yoghurt
mirihau windsurfing
mirimiri rub
miro thread
mirumiru bubbles
mīti meat
mīti kau beef
mitimiti lick
moana ocean, sea
moe sleep
moemoeā dream
moenga bed
moepapa nightmare
mōhio know
mōkai pet
moko lizard
mokonui dinosaur
mokopuna grandchild
moni money
moremore bald
morihana goldfish
mōtēra motel
motopāika motorbike
motuhuka iceberg
motukā car
moutere island
mōwhiti glasses
mōwhiti rā sunglasses
mū insect
mua before, front
muku rubber
muri after
mutu finished
mutunga wiki weekend

N

nākahi snake
nama number
namu sandfly
nanekoti goat
nati nuts
nēra nail
niho teeth, tooth
niho tunga toothache
noho sit, stay
noke worm
nonoke judo
nui big
nūpepa newspaper

NG

ngā tikanga culture
ngā tini a Tāne wildlife
ngahere bush, forest
ngahuru autumn
ngākau feelings
ngārara reptile
ngaro fly
ngaru wave
ngaruiti microwave
ngata snail
ngenge tired
ngeru cat
ngira needle
ngongohā snorkel
ngutu beak, lip

O

ohotata emergency
oma run
one beach, sand
ori hīteki ballet
otaota rubbish, weeds

P

pā fort
pā hirahira castle
pā tāwhanawhana bouncy castle
pae pie
pāhau beard
pahemo miss
pāhi purse
pahi bus
pahi iti minibus
pāhua burglar
pahū burglar alarm, explode
pahū ahi fireworks
pai good
paihikara bicycle
paihikara maunga mountain bike
pakakau xylophone
pakanga fight
pakaru broken
pākatio freezer
pakeke adult
pākete bucket
paki buggy, slap
pakihi desert
pakipaki clap
pakitara wall
pakiwaituhi cartoons
pāmu farm
pana push
panana banana
pane kuīni stamp
panekeke pancake
panekoti skirt
pāngarau maths
pango black
pani ngutu lipstick
panipani make-up
pānui notice, read
paoka fork
paoro ball
pāpā dad, father
papa angaanga skull
papa kararehe zoo
papa rēhia park
papa tākaro playground
papa taunga runway
papa tuhituhi blackboard
pāpaka crab
papakupu dictionary
pāpapa kōpure ladybird
pāpāringa cheek
papawīra skateboard
papi puppy
pārae field
parahanga litter
paraheahea ugly
paraihe prize
paraihe niho toothbrush
paraikete blanket
parakipere blackberry
parakuihi breakfast
paramanawa snack
paramu plum
parani daisy
parāoa bread, flour
parāoa rimurapa pasta
parauri brown
pare tīkākā sunscreen
parehe pizza
parenga bank
pari cliff
parirau wing
paru dirty, mud
paruparu mess
pata butter
pata kai cereal
pātai question
pātaka storehouse
pātangatanga starfish
pātara bottle
pātene button
pātiki flounder, paddock
pātītī grass
patu bat, beat, hit, kill, racquet
patupaiarehe fairy
paukena pumpkin
pea pear
pea hurumā polar bear
peita paint
peka branch
pēkana bacon
pēke bag, bank
peke leap
pene pen
pene rākau pencil
pene whītau felt-tip pen
pēniho toothpaste
pepa paper, pepper
pepa whēru toilet paper
pēpepe butterfly, moth
pēpi baby
pera pillow
pere bell
pereti plate
pī bee, pea
pī rorohū bumblebee
pia kano crayon
piako empty
piana piano
pīataata shiny
pihareinga cricket
pihikete biscuit
pīkau backpack
piki climb
piki toka rock climbing
pikiniki picnic
pīnati peanut
pīnati pata peanut butter
pine pin
pīoioi seesaw
pīpī chicks
pīrangi want
pirau rotten
pire pill
pirihimana police officer

piriniha prince
pirinihehe princess
pītakataka gymnastics
pītiti peach
pitopito kōrero news
pīwaiwaka fantail
pō night
poaka pig
poaka kini guinea pig
pōhā pastry
poho chest
poihau balloon
poikiri soccer
poitūkohu basketball
poka hole
pokenga pollution
pokepoke mix
pokohiwi shoulder
pokorua ant
pona ankle, knot
poniponi pony
popoki lid
poraka frog, jumper, sweatshirt
poraka taratara toad
poro slice
pōrohe messy
poroporo bracelet
porotaka round
porowhawhe merry-go-round
porowhita ring
pōtae cap, hat
pōtarotaro lawnmower
poti boat
poti paku dinghy
pōtitanga election
pōturi slow
pou pole
pouaka box
pouaka makariri fridge
pouaka reta letterbox
pouaka whakaata television
pounamu greenstone
pourewa tower
pōuri sad, unhappy
pōwhiri wave, welcome
pū gun, pile, root
pūangi hot air balloon
pūao dawn
pūawanui trumpet
pūhaehae jealous
pūhia blow
puia volcano
pūkaha engine
pukapuka book
pukapuka pakiwaituhi comic book
puke hill
pūkoro pocket
puku stomach
pukukino temper
puna fountain
puna kaukau bath
puni camp
punua ngeru kitten
punga anchor
pūngāwerewere spider
pūngene sleeping bag
puoro music
pupuri hold
pūrākau legend, myth
pūrere horoi washing machine
pūrere horoi maitai dishwasher
pūrere whakaahua photocopier
purotu handsome
pūru bull
puru plug
pūtaiao science
pūtara trumpet
putiputi flower
pūtohe saxophone
pūtōrino flute
pūtu boot

R

rā date, day, sail, sun
rae forehead
rahirahi thin
rāhuitia forbidden
raihi rice
raiona lion
rākau tree, wood
rakiraki duck
raku scratch
rakuraku guitar, rake
rama light, torch
rama waka traffic lights
rangatira chief
rangi sky
rangimārie peaceful
rāpeti rabbit
raranga weave
rārangi queue
raro below, under
raru trouble
rata doctor
rata kararehe vet
rata niho dentist
rau feather, leaf
raumati summer
raupani frying pan
raupō reed
rautangi perfume
rautupu thunderstorm
rāwhara raffle
rei jewel
reka delicious, sweet
rekereke heel
rēmana lemon
rēme lamb
reo language
reo irirangi radio
rēpata leopard
repo swamp
rere fly
reta letter
rētihi lettuce
retireti slide
retireti wai hydroslide
retiwai water-skiing
rewa melt
rewarangi pedestrian crossing, zebra crossing
rewharewha cold
rīhi dishes
rimurimu seaweed
ringakuti fist
ringaringa arm, hand, sleeve
ringa toi artist
rīngi ring
ringi pour
rīpene ribbon
riri angry
rīwai potato
rīwai parai french fries
roa long
rōhi rose
rohi loaf
roimata tears
rongo smell
rongoā medicine
rongonui famous
rōpere strawberry
rōpū group
rori road
rorohiko computer
roto in, inside, lake
rou mamao remote control
rū earthquake, shake
rua one sandpit
ruaki vomit
ruaki moana seasick
ruānuku wizard
ruku dive
rūma room
rūma moe bedroom
runga above, on, over
ruru morepork, owl

T

tae colour
tāhae robber, thief
tahi sweep
tahitahi broom
tai tide
taiatea nervous
taiepa fence, wall
taika tiger
taimana diamond
taiwhanga ako classroom
taka roll
takahi stamp
tākai bandage, package, wrap
tākaro play
tākaru paddle
takoto lie
tama boy, son
tamāhine daughter
tamaiti child
tamariki children
tame heihei rooster
tāmure snapper
tāne husband, man
tāne mārena hou bridegroom
taniwha monster
tāngata people
tangi cry
tāone town
tāone nui city
taonga treasure
taonga tākaro toy
taonga whakarākei jewellery
tāpaepae jigsaw puzzle
tāpi sticking plaster
tapi mend
tāpoi tourist
tāpou miserable
tapu sacred
tapuhi nurse
taputapu ā-whare furniture
tapuwae footprint
tāra dollar
taraihikara tricycle
taraiwa drive
taraka truck
tarakihana tractor
tarākona dragon
taratara rough
tarau trousers
tarau poto shorts
tarau tāngari jeans
taraute trout
tāre doll
tārekoreko grey
tārere swing
taringa ear
tāroaroa tall
tātaitai calculator
tātaki kupu spelling
tatari wait
tatau count
tātua tūru seatbelt
tau year
taua army
tauera towel
tauihu bow
tauine ruler
tauira pattern
taumaha heavy
taunga waka rererangi airport
tauomaoma race
taura rope
taura piu skipping rope
tauraki hurihuri clothes dryer
tauranga waka carpark
tautohe quarrel
tauwaka number plate
tawhi toffee
tāwhiti trap
tawhito old
teihana railway station
teihana hinu petrol station
teina younger brother (of a boy), younger sister (of a girl)
tēnā koe thank you
tēnehi tennis
tēneti tent
tepetepe jellyfish
tēpu table
tēpu tuhituhi desk
tera saddle
tere fast, float, quickly, sail, speed
tereina train
teti pea teddy bear
tī tea
tī hāte t-shirt
tī kōuka cabbage tree
tiakarete chocolate
tiakete jacket
tīamu jam
tiere jelly
tīhaea torn
tihe sneeze
tīhi cheese
tīkākā sunburn
tīkera kettle
tīkiti ticket
tikitiki topknot
tikitiwhi detective
tina lunch
tinana body
tīni chain
tino very
tio oyster
tīpāta teapot
tipu plant
tipua giant
tira wand
tira pūoru orchestra
tīramaroa lighthouse
tirara daffodil
tiriti street
titi peg
titiro look
titiro! look!
titiwai glow-worm
tiutiu sparrow, thrush
tīwai trunk
tiwhikete certificate
tō stove
toa champion, warrior, dairy, shop
tōhi toast
tōhihi puddle
tohorā whale
tohu badge, sign
tōhua yolk
tohutoa medal
toitoi jogging
toka rock
tōkena socks
toki axe
tōmato tomato
toparere helicopter
tōpū pair
toremi drown
toroa albatross
torōna throne
torutoru few
tote salt
tōtiti sausage
tōtiti wera hotdog
toto blood
tounati doughnut
tū stand
tuahine sister (of a boy)
tuakana older brother (of a boy), older sister (of a girl)
tuanui roof
tuarā back
tūāua shower
tuhinga note
tuhituhi write
tūhura explore
tui sew

tukemata eyebrow
tuku post, send
tukutuku spider web
tumeke surprise
tumuaki principal
tuna eel
tunua cook
tūnga pahi bus stop
tungāne brother (of a girl)
tūpeke jump
tupuna ancestor
tūraparapa trampoline
tūrehu elf
turi disobedient, knee
turituri noisy
tūroro patient
tūru chair, seat, stool
tūru wīra wheelchair
tūtaki meet
tutū naughty
tūtukitanga crash
tūturi kneel
tuwhera open

U

ua muscle, rain
uarua raincoat
uaua hard
uira lightning
ūkui wipe
umu oven
upoko head
urupā cemetery
uruwhenua passport
utu price, reward
utu ā-wiki pocket money
uwhiuwhi shower

W

wā time
wā moe bedtime
waea phone, telephone
waea pūkoro mobile phone
waenganui between
waeroa mosquito
waewae feet, foot, leg
waha mouth
wahangū quiet
wāhi kāinga address
wahie firewood
wahine wife, woman
wahine mākutu witch
wahine mārena hou bride
waho out, outside
wai juice, water
wai āporo apple juice
waiariki geyser
waiata sing, song
waiata ā-ringa action song
waiporoporo purple
waipuke flood
wairanu gravy, sauce
waireka soft drink
waka canoe
waka parawhenua bulldozer
waka pēpi pram, pushchair
waka rereangi hang-glider
waka rererangi aeroplane, plane
waka tinei ahi fire engine
waka tūārangi rocket, spaceship
waka tūroro ambulance
waka whakatakere submarine
wakahiki crane
wakatere speedboat
wakatono taxi
wani swan
waoku jungle
wāpi wasp
wāpu wharf
waru shave
wātaka calendar
wati watch
wawana fierce
wehe leave
wehi fear
wera hot
wero challenge, injection
wiki week
wīra wheel
wiri drill, shiver
wūru wool
wūruhi wolf

WH

whaea mother
whaea kēkē aunty
whai stingray
whaitiri thunder
whaiwhai chase
whakaahua drawing, photograph, picture
whakaaro think
whakaata mirror, reflection
whakaata roto X-ray
whakaheke ngaru surf
whakahīhī proud
whakakai earring
whakakākahu dress
whakakatakata funny
whakakori tinana aerobics
whakamā ashamed, embarrassed, shy
whakamahana heater
whakamahi use
whakamataku frighten, scare
whakaminenga crowd
whakangahau party
whakangaoko tickle
whakangaro destroy
whakaora rescue
whakaora whawhati tata first aid
whakapoururu frown
whakarākei decorate
whakarākeitanga decoration
whakarongo listen
whakataetae competition
whakatakere underwater
whakatōhi toaster
whakatupu grow
whakautu answer
whana kick
whānau family
whanga harbour
whāngai feed
whārangi page
whare house
whare herehere jail
whare kairangi palace
whare karakia church
whare kaukau bathroom
whare kawhe café
whare kurī kennel
whare pī beehive
whare pukapuka library
whare taonga museum
whare tunu parāoa bakery
wharekai restaurant
wharepaku toilet
whāriki carpet, mat
whatīanga elbow
whātui fold
wheke octopus
wheketere factory
whengu blow
whenua country, land
whero red
whetū star
wheua bone
whiti poem
whītiki belt
whiuwhiu wag
whutupaoro football, rugby